Anne Amrum

NORDSEE OPFER

Die Küsten-Kommissare

Das ist ein Kriminalroman und somit reine Fiktion. Sämtliche Personen und deren Handlungen sind frei erfunden. Ähnlichkeiten mit tatsächlich lebenden oder toten Personen (inklusive zufälliger Namensgleichheiten) und /oder Ereignissen sind nicht beabsichtigt und wären rein zufällig.

An dieser Stelle versichere ich, die Autorin, für die Darstellung und Erwähnung diverser gastronomischer, kultureller und touristischer Einrichtungen oder für die Verwendung von Markenbezeichnungen in diesem Buch keine Bezahlung oder anderweitige Zuwendung erhalten zu haben.

Copyright © 2022 Anne Amrum

Alle Rechte vorbehalten.

ISBN: 9798772352199

Imprint: Independently published

*Der Anfang aller Weisheit
ist die Verwunderung*

Aristoteles

Sonntag

1

Das rote Backsteinhaus in der Brüggemannstraße mit dem gepflegten Vorgarten wirkt einladend, hell und freundlich. Sogar im Januar. Rein äußerlich deutet nichts darauf hin, welch ein Drama sich im Inneren des Hauses abgespielt hat, denkt Sophie, als sie die Klingel an der Haustür betätigt.

Hauptkommissar Rüdiger Thomsen, der bereits vor Ort ist, öffnet mit einem Stirnrunzeln.

»Moin Sophie.«

»Moin Rüde.«

»Ich sagte dir doch am Telefon, du brauchst nicht zu kommen, diesmal ist es bloß ein Herzinfarkt.«

»Sagt das der Emmermann?«, hakt Sophie argwöhnisch nach. Sie kennt den Internisten und langjährigen Segelfreund ihres Vorgesetzten, Dr. Aiko Emmermann, nun schon lange genug, um zu wissen, dass jener ein großer Fan von natürlichen Todesfällen ist. Seine Lieblingstodesursache lautet: *Herzinfarkt.*

»Natürlich sagt das der Aiko. Er ist schließlich der Leichenbeschauer«, brummt Thomsen.

»Aber die Kollegen, die hier Alarm geschlagen haben, gingen auch von Mord aus – sonst hätten sie dich wohl nicht angefordert«, erwidert Sophie ein wenig spitzfindig.

»Schon, aber der Aiko . . .«, beginnt Thomsen von Neuem, doch der entschlossene Ausdruck in Sophies Augen lässt ihn verstummen. Notgedrungen zieht er die Tür ganz auf und macht einen Schritt zur Seite.

»Wenn du schon mal hier bist, kannst du gerne selbst einen Blick auf die Leiche werfen.«

»Fein.« Sie schüttelt sich den Schnee aus den Haaren und schlüpft an ihm vorbei ins Haus.

»Oben im Schlafzimmer.« Ihr Chef deutet die Treppe hinauf.

Sophie zieht sich einen Plastikschutz über ihre schneenassen Stiefel und steigt hinauf. Schon auf der Treppe kann sie die näselnde Stimme des Leichenbeschauers hören, der offenbar bereits dabei ist, den Abtransport zu organisieren.

Oben angekommen, versperrt ihr plötzlich eine junge Frau mit langen, kastanienbraunen Haaren den Weg. Ihr Gesichtsausdruck ist ernst.

»Wer sind Sie?«

»Oberkommissarin Meerkatz. Und Sie?«

»Imke Holstein.«

»Was machen Sie hier?«, fragt Sophie und mustert die junge Frau, deren Kleidung ein wenig schlampig wirkt. Sowohl die Jogginghose als auch der Pulli sehen aus, als hätte sie darin geschlafen.

»Ich wohne hier.«

»Ah, Sie sind die Tochter des Verstorbenen?«

»Schwiegertochter.«

»Sie haben ihn gefunden?«

»Ja.«

»Wann war das?«

»Vor zwei Stunden. Ich habe zuerst die Rettung gerufen, aber die haben ihn nicht mal angerührt. Dann die Polizei.«
»Wo haben Sie ihn gefunden?«
»In seinem Schlafzimmer. Auf dem Bett.« Sie macht eine Handbewegung in Richtung einer offenen Tür am Ende des Ganges. Von dorther kommt auch Emmermanns näselnde Stimme.

Kaum setzt Sophie einen Fuß in den Raum, trifft sie sein grimmiger Blick.

»Moin Herr Doktor.«

Ihre Begrüßung wird von ihm nicht erwidert. Sie lässt sich davon nicht irritieren, sondern sieht sich im Raum um. Er ist überraschend groß und auch die Einrichtung ist viel moderner, als sie erwartet hätte. Und zwar ausschließlich in den Farben Schwarz und Weiß.

Neben dem schwarzen Bett auf dem weißen Fliesenboden liegen schwere schwarze Vorleger. Auch der große Schrank ist schwarz, ebenso die Sideboards. Schwarzer glänzender Lack und samtig weiße Wände dominieren diesen Raum. Und natürlich die Leiche, die lediglich mit ihrer gräulichen Hautfarbe für einen unschönen Kontrast sorgt.

Der Tote, gekleidet in ein weißes Hemd und einen schwarzen Anzug, liegt quer über dem Bett am Rücken. Die offenen Augen starren ins Nichts.

»Name?«, fragt Sophie ungeachtet dessen, dass Emmermann telefoniert.

»Magnus Holstein«, zischt er ihr zu, ohne sie eines Blickes zu würdigen.

Es riecht nicht gut. Das lässt darauf schließen, dass der Tod schon vor mehreren Stunden eingetreten ist,

schlussfolgert Sophie, während sie den Toten eingehend betrachtet. Leichen haben die unangenehme Eigenschaft, ihre Muskeln zu entspannen, was leider auch für den Schließmuskel gilt.
»Warum gucken Sie so?« Dr. Emmermann hat sein Telefonat beendet und blafft nun mit unverhohlener Abneigung in ihre Richtung.
»Herzinfarkt?«, fragt sie zurück. So läuft das zwischen ihnen, seit sie aus Berlin nach Husum gezogen ist und ihren Dienst bei der hiesigen Kripo angetreten hat.
»Ja. Eindeutig.«
»Kein Einschussloch übersehen?«, fragt Sophie nach und setzt spöttisch hinzu: »Soweit ich mich erinnere, ist das schon einmal vorgekommen.«
»Das hab ich nicht nötig.«
Mit beleidigtem Gesichtsausdruck eilt der Arzt an ihr vorbei Richtung Treppe.
Sophie zuckt die Schultern, während sie sich Einweghandschuhe überzieht. Mit dem Toten allein zu sein hat seine Vorteile. Niemand stört sie in ihrer Konzentration.
Ausgehend von seinem rundlichen Gesicht, in dem sich noch nicht allzu viele Falten breitgemacht haben, schätzt sie ihn auf ungefähr fünfzig Jahre. Mit dem dichten dunklen Haar und einem gepflegten kurzen Vollbart hat er lebend wahrscheinlich recht attraktiv ausgesehen. Im Kopfbereich sind jedenfalls keine Auffälligkeiten zu entdecken.
Nachdem der Leichnam vollständig bekleidet ist, hat Emmermann ihn offenbar nach der ärztlichen Untersuchung wieder angezogen.
Sie sieht sich die Hände an – kein Ehering – und

öffnet die Manschettenknöpfe. An den Handgelenken kommen dunkle Abdrücke zum Vorschein, ganz so, als ob die Hände mit einem Seil gefesselt gewesen wären.

»Hoppla«, entfährt es ihr, genau in dem Moment, als ihr Chef den Raum betritt.

»Kann man euch beide nicht einen Moment allein lassen?«, beklagt er sich. »Es gibt tatsächlich auch Menschen, die an einem Herzinfarkt sterben. Das ist immerhin die häufigste Todesursache in Deutschland.«

»Mag sein«, motzt Sophie zurück. »Aber der Tote hier hat Fesselungsspuren.«

»Ach?«

»Ja, sieh mal hier.« Sie präsentiert die freigelegten Handgelenke und sieht ihren Vorgesetzten mit hochgezogenen Augenbrauen an. »Hat dir der Emmermann das gezeigt?«

»Nee, hat er nicht, aber das muss nicht unbedingt etwas heißen . . .«

»Nicht unbedingt, aber vielleicht doch. Ich möchte mich zumindest davon überzeugen, dass der Tote keine weiteren Misshandlungsspuren aufweist, die vielleicht ursächlich für seinen *Herzinfarkt* waren.«

Thomsen verzieht das Gesicht zu einer Grimasse, die seinem Missfallen deutlich Ausdruck verleiht.

»Okay, ich hol den Aiko noch mal her.«

Mit einem tiefen Seufzer verlässt er den Raum.

Sophie kann hören, wie er auf der Treppe nach seinem Segelfreund ruft.

Kurz darauf stehen beide wieder vor ihr.

»Haben Sie die Spuren bemerkt?«

Sophie präsentiert neuerlich die Handgelenke des Toten.

Emmermann strafft die Schultern.

»Sicher. Aber daran ist er nicht gestorben.«
»Haben Sie sich die Brust auch angesehen?«
»Natürlich. Da gibt es keine weiteren Spuren.«
»Und sonst? Rücken? Beine?«, setzt Sophie nach.
»Hörst du das, Rüde?«, beschwert sich der Internist mit gekränktem Blick. »Ich werde hier wie einer eurer Verbrecher verhört. Als ob ich den Rücken eines Toten nicht nach Totenflecken absuchen würde. Was ich selbstverständlich getan habe.«

Hauptkommissar Thomsen seufzt. Sein alter Kumpel Aiko und die Meerkatz hatten keinen guten Start, und nichts, was danach kam, trug in irgendeiner Form dazu bei, die Chemie zwischen den beiden zu verbessern.

»Sie haben also keinerlei weitere Verletzungen entdeckt?«, bleibt Sophie hartnäckig.

»Magnus Holstein ist an einem Herzinfarkt verstorben – ob Ihnen das nun passt oder nicht«, schimpft Emmermann. »Ich bin seit über zwanzig Jahren Leichenbeschauer und ich weiß, wenn jemand an einem Herzinfarkt stirbt.«

»Gut. Ich möchte ihn trotzdem ausziehen.«

»Warum?«, fragt Thomsen und verdreht die Augen zur Zimmerdecke.

»Weil er gefesselt war. Vielleicht gibt es noch mehr Spuren wie jene an den Handgelenken. Wenn er einen Herzinfarkt erlitten hat, weil oder während ihn jemand gefesselt hat, müssen wir das auch verfolgen. Insbesondere, wenn dieser Jemand ihn anschließend hilflos zurückgelassen hat.«

Thomsen seufzt neuerlich und dreht sich bedauernd zu seinem Freund um.

»Da hat sie leider recht.«

»Wie? Echt jetzt?«, fährt Emmermann wie von einer Tarantel gestochen hoch.

»Echt jetzt. Oder hast du jeden einzelnen Zentimeter der Leiche schon angeguckt?«

Der Arzt schnaubt wütend, während er dem Toten die Hose lockert und sie bis zu den Knien hinunterzieht.

»Lächerlich«, grummelt er.

»Umdrehen«, verlangt Sophie und in ihrem Gesicht breitet sich ein triumphierendes Lächeln aus, als der Arzt ihrem Wunsch nachkommt. Denn das Hinterteil des Opfers ist mit zahlreichen blutigen Striemen gezeichnet.

»Oho«, entfährt es Thomsen. »Das ist jetzt doch ein wenig pikant.«

»Aber nicht relevant. An solchen Striemen stirbt man nicht.«

»Und ob das relevant ist!«, widerspricht Sophie, die die Situation sichtlich genießt. »Ich denke, er hat diesen Herzinfarkt – falls es wirklich einer war – nicht angezogen im Bett erlitten, sondern nackt. Nackt und mit gefesselten Händen, während oder nachdem er den Hintern versohlt bekam. Von jemandem, der es anschließend eilig hatte, wieder zu verschwinden – aber nicht eilig genug, um ihn derartig entblößt liegenzulassen. Wer auch immer ihm die Striemen zugefügt hat, hat ihn vermutlich nach seinem Tod in den Anzug gestopft.«

»Warum sollte jemand das tun?«, moniert Emmermann ärgerlich.

»Aus Selbstschutz vielleicht? Und um ein Haar wäre derjenige damit auch davongekommen. Schließlich würden Sie die Sache als natürlichen Tod durchwinken.«

»Zurecht«, empört sich der Leichenbeschauer und seine Stimme überschlägt sich beinahe vor Zorn. »Denn genau das ist es auch: ein natürlicher Tod. Herzinfarkt bleibt Herzinfarkt, egal wer ihm vorher 'ne Gerte über den Arsch zog.«

»Mag sein, aber unterlassene Hilfeleistung ist auch strafbar. So oder so – wir haben es hier in jedem Fall mit einer manipulierten Situation rund um einen Todesfall zu tun«, argumentiert Sophie unermüdlich weiter.

Hauptkommissar Thomsen hat bereits resigniert.

»Gib's auf, Aiko. Der Typ kommt in die Gerichtsmedizin, da führt kein Weg mehr dran vorbei.«

2

Imke Holstein, die Schwiegertochter des Verstorbenen, die Sophie, seit sie das Haus betrat, in gebührendem Abstand und mit ernstem Gesicht überallhin folgte, bietet ihr nun eine Tasse Tee an.
»Gern.« Sophie nimmt am Esstisch der rustikal eingerichteten Wohnküche Platz. Soweit sie sehen kann, wirkt hier alles aufgeräumt und sauber.
»Wo ist Ihr Mann, Frau Holstein? Ich möchte auch mit ihm sprechen.«
»Mein Mann ist seit über einem Jahr tot.«
»Oh«, sagt Sophie überrascht. »Das tut mir aber leid, wie ist das denn passiert?«
»Max litt an einer bösartigen Krankheit, es war sehr schlimm für mich, mehr möchte ich dazu gar nicht sagen.«
»In Ordnung. Sprechen wir über Ihren Schwiegervater. Haben Sie immer schon zusammengewohnt?«
»Nein. Als Max noch lebte, wohnten wir in der Gärtnerei in Schobüll. Mein Mann war leidenschaftlicher Gärtner, er liebte Pflanzen über alles. Das Gebäude dort bot genug Platz für die

Verkaufsflächen und die Privaträume.«
»Also sind Sie erst nach dem Tod Ihres Mannes hierhergezogen?«
»Ja. Mein Schwiegervater trauert auch, und er hatte immer schon Herzprobleme. Ich bin Krankenschwester, ich habe ihn so gut es ging unterstützt.«
»Was wurde aus der Gärtnerei?«
»Die wurde verkauft.«
»Darf ich daraus schließen, dass es Ihnen finanziell nicht schlecht geht?«
»Mit mir hat das nichts zu tun. Die Gärtnerei gehörte meinem Schwiegervater, wie alles andere auch, was die Familie besitzt. Ich war nie in seine Geschäfte eingebunden. Ich kann hier mietfrei wohnen und im Gegenzug habe ich meinen Schwiegervater ein wenig betreut. Seinen Blutdruck gemessen, darauf geachtet, dass er seine Arzttermine wahrnimmt, so in der Art.«
»Verstehe. Aber nun erben Sie wohl alles, nicht wahr?«
»Nein, das tu ich nicht.«
»Wer dann?«
»Max' älterer Bruder Klaas. Er lebt mit seiner Familie in Kopenhagen. Seine Frau kommt von dort.«
»Aha. Wurde er bereits verständigt?«
»Von mir nicht. Ich habe bloß die Rettung gerufen, alles andere wurde mir dann aus der Hand genommen.«
Sie steht auf, holt einen Notizblock und einen Stift und notiert die Kontaktdaten.
Sophie kann mit einiger Fantasie den Namen Klaas Holstein und eine Telefonnummer entziffern.
»Klaas ist drei Jahre älter als Max, sie hatten wenig Kontakt. Warum wollen Sie das alles überhaupt

wissen?«, fragt die junge Frau nun ein wenig misstrauisch. »Der Leichenbeschauer stellte doch fest, dass Magnus an einem Herzinfarkt verstorben ist. Und das ist in seinem Fall auch nicht ungewöhnlich. Die Herzprobleme meines Schwiegervaters sind schon seit geraumer Zeit Grund zur Besorgnis gewesen. Er war in regelmäßiger Behandlung.«

»Das ist gut zu wissen. Können Sie mir den Namen seines Arztes nennen?«

»Klar. Dr. Stinus Maissen, er ist Internist und hat seine Praxis gleich hier am Hafen.«

Sophie notiert sich das, während sie überlegt, auf welche Art sie den nächsten Punkt am besten ansprechen soll.

»Nun, bei genauerer Betrachtung Ihres Schwiegervaters kam der Verdacht auf, dass er möglicherweise bei seinem Tod nicht allein war«, formuliert sie nun bewusst vorsichtig.

»Sie meinen, es war jemand bei ihm?«

»Ja.« Sophie setzt ein nachsichtiges Lächeln auf. Genau das hatte sie eben gesagt.

»Wer denn?« Die Verblüffung steht Imke Holstein ins Gesicht geschrieben.

»Ich hatte gehofft, Sie könnten uns da weiterhelfen.«

»Nee, beim besten Willen nicht.« Immer noch verdutzt schüttelt sie demonstrativ den Kopf. »Ich war im Krankenhaus Sankt Clemens, wo ich arbeite. Das können Sie gern nachprüfen. Ich hatte Nachtdienst, kam erst in der Früh heim und fiel direkt ins Bett. Erst nachmittags, als ich wieder munter wurde, wollte ich nach Magnus sehen und habe ihn . . . so vorgefunden. Da war sonst niemand.«

»Aber es hätte jemand bei ihm gewesen sein

können? Ohne dass Sie es bemerkt hätten?«, bohrt Sophie weiter.
»Sicher. Wenn ich nicht zu Hause bin, bekomme ich auch nicht mit, wer kommt und wer geht. Woher wissen Sie denn, dass jemand hier war?«
»Dazu möchte ich derzeit noch nichts sagen, wir warten die Untersuchung in der Gerichtsmedizin ab.«
»Er wird autopsiert?«
»Vielleicht.« Sophie kann erkennen, wie sämtliche Farbe aus dem Gesicht ihres Gegenübers schwindet.
»Macht Ihnen das Sorgen?«
»Ja . . . ich meine, nicht die Autopsie, sondern dass Sie denken, es war jemand hier und er wurde vielleicht . . . oh mein Gott, ich bin jetzt ganz allein in diesem Haus . . . heißt das, ich bin auch in Gefahr?«
Imke stemmt sich von ihrem Stuhl hoch und geht ziellos auf und ab.
»Bitte beruhigen Sie sich wieder.«
»Das sagt sich so leicht. Ich glaube nicht, dass ich mich hier noch sicher fühlen kann.«
»Machen Sie sich keine übertriebenen Sorgen. Die wahrscheinlichste Variante ist immer noch, dass Ihr Schwiegervater an einem Herzinfarkt verstorben ist. Als Kripo wollen wir aber auch wissen, ob es jemand unterlassen hat, einem Sterbenden zu helfen.«
Imke nickt blass und tonlos.
In diesem Moment klingelt es an der Wohnungstür. Sophie, dankbar für die kurze Unterbrechung, eilt hin und freut sich, dass Carsten Schmidt, der Polizeifotograf, samt seiner Ausrüstung vor der Tür steht.
»Moin Carsten.«
»Moin Sophie. Der Rüde hat angerufen, ich soll mal

schnell ein paar Pics schießen? Ohne die SpuSi?«

Sophie zuckt die Schultern. »Du kannst ihn selbst fragen, ich bringe dich zu ihm.«

3

Als Sophie mit Carsten Schmidt das Schlafzimmer des Opfers betritt, stellt sie zu ihrer Erleichterung fest, dass Dr. Emmermann bereits gegangen ist. Thomsen steht am Fenster und telefoniert. Offenbar mit dem Staatsanwalt, wie Sophie mittlerweile an seinem Tonfall erkennen kann.

»Nein, wir sind nicht sicher. Mensch, das muss man doch auch mal zugeben dürfen. Die Welt ist doch nicht bloß schwarz und weiß . . . möglicherweise reden wir bloß von unterlassener Hilfeleistung, woher soll ich das jetzt schon wissen? Ich bin Ermittler, kein Hellseher . . . genau, nach der Obduktion wissen wir mehr. Deshalb brauchen wir eine . . . eben . . . schön, dass wir uns einig sind.« Thomsen legt auf und reicht dem Fotografen die Hand.

»Moin Carsten.«

»Moin Rüde. Warum hast du bloß mich angefordert?«

»Ich will bloß Fotos, dann warten wir die Autopsie ab. Erst, wenn sich der Verdacht auf einen unnatürlichen Todesfall erhärtet, bemühen wir unsere Kollegen vom Spurensicherungsdienst. Bis dahin versiegeln wir diesen Raum.« Thomsen streicht sich über seinen Drei-Tage-Bart und wirft seiner Kollegin einen grimmigen Blick quer durch den Raum zu.

Sophie nimmt das zum Anlass, wieder hinunter in die Küche zu gehen, um die Erstbefragung der Schwiegertochter des Verstorbenen weiterzuführen. Imke Holstein hat in der Zwischenzeit frischen Tee aufgebrüht und ein paar Plätzchen auf den Tisch gestellt.

Sophie bedankt sich und greift zu.

»Frau Holstein, ich habe nun schon einiges über Sie und Ihren verstorbenen Mann erfahren, aber so gut wie gar nichts über Ihren verstorbenen Schwiegervater. Was können Sie mir über ihn erzählen?«

Imke setzt sich nicht zu ihr an den Tisch. Sie lehnt sich mit verschränkten Armen an die gegenüberliegende Wand.

»Er hatte einige Firmen, früher. Nicht nur die Gärtnerei, auch ein Fuhrunternehmen und ein Hotel. Aber nach und nach hat er alles verkauft. Zuletzt die Gärtnerei. Er sagte, wozu soll er sich abrackern, wenn er sein Geld auch in Fonds anlegen kann. So hatte er auch mehr Zeit für seine wahre Berufung: den Kirchenchor.«

»Den Kirchenchor?«, erwidert Sophie verblüfft.

»Ja, er ist, ich meine, er war Leiter des Chors der Sankt Magdalenenkirche.«

Sophie schreibt das in Stichworten mit, während Imke weiterspricht.

»Die ist bloß zwei Straßen weiter, gleich hinter dem Hafen.«

»Aha.« Sophie notiert sich auch das.

»Er hat den Chor geliebt, hat die Leute dazu

gebracht, zweimal wöchentlich zu proben, und zwar zusätzlich zu den Messen, wo sie regelmäßig singen.«
»Dann war er also sehr engagiert?«
»Mehr als das. Eigentlich schon fanatisch. Meiner Meinung nach war er süchtig danach, dass dort alle nach seiner Pfeife tanzten.«
Sophie bemerkt nun einen bitteren Zug um die Mundwinkel ihrer Gesprächspartnerin.
»Denken Sie, er hätte mehr Zeit mit seiner Familie verbringen sollen?«
Imke zuckt bloß mit den Schultern.
»Früher vielleicht, als Max noch lebte. Jetzt bin bloß noch ich da, und mir hat er nie das Gefühl gegeben, dass ich zur Familie gehöre.«
Sophie fällt nun wieder ein, dass Imke vorhin erzählt hat, dass sie vermutlich auch nichts erben werde.
»Wissen Sie, ob ein Testament existiert?«
»Doch ja, da bin ich sicher. Magnus war deswegen beim Notar. Das war nach Max' Tod.«
»Wissen Sie vielleicht, bei welchem Notar er war?«
»Klar. Er ging mit allem zum Wemke. Egal, ob es sich um eine Firmen- oder eine Privatsache handelte.«
»Wie war es denn um sein Privatleben bestellt?«, wechselt Sophie nun das Thema.
»Sie meinen, ob er eine Beziehung hatte?«
»Zum Beispiel. Hatte er?«
»Nee. Dass seine Ehe in Brüche ging, war schon Drama genug. Er hat es Berit nie verziehen, dass sie die Scheidung wollte. Als ob seine weiße Weste davon Flecken bekommen würde. Wenn er überhaupt so etwas wie ein Liebesleben hatte, hielt er es geheim.«
»Sie meinen, vor Ihnen?«, hakt Sophie nach.
»Nein. Ich meine vor allen. Sein untadeliger Ruf ging

ihm über alles.«

Sophie zieht die Augenbrauen hoch, während sie überlegt, Imke auf die sexuellen Vorlieben ihres Schwiegervaters anzusprechen. Nach kurzer Überlegung entscheidet sie jedoch, die Autopsie abzuwarten und dieses Thema erst anschließend zu erörtern.

Sie erhebt sich und schiebt eine Visitenkarte über den Tisch. »Frau Holstein, fürs Erste habe ich genügend Informationen. Falls Sie das Haus für einen längeren Zeitraum verlassen, geben Sie bitte einen Schlüssel bei uns ab, falls der Spurensicherungsdienst beauftragt wird.«

»Okay.« Imke schnäuzt sich in ein Taschentuch. »Und was passiert jetzt . . . mit ihm?«

»Die Leiche Ihres Schwiegervaters wird demnächst abtransportiert.«

*Was wir wissen, ist ein Tropfen;
was wir nicht wissen, ein Ozean*

Isaac Newton

Montag

4

»Haben wir nun einen neuen Fall, oder nicht?« Kommissarin Svenja Tades umklammert ihren heißen Kaffeepott mit beiden Händen und blickt irritiert zwischen Thomsen und Sophie hin und her. Kommissar Jasper Hinrichs, der Vierte im Bunde, guckt ebenfalls ein wenig ratlos drein.

»Vielleicht«, erwidert der Hauptkommissar, womit Svenjas Frage erst recht nicht beantwortet wird. »Die Autopsie ist für elf Uhr angesetzt, Meerkatz und Jasper, ihr seid da live dabei.«

Svenja bläst erleichtert die Luft aus, wie jedes Mal, wenn ihr die Teilnahme in der Leichenhalle erspart bleibt.

»Und warum noch mal glaubst du dem Emmermann den Herzinfarkt nicht?«, fragt Jasper nun Sophie direkt. Diese steckt ihre rötlich-braunen Locken hinter die Ohren und verzieht das Gesicht.

»Vielleicht hat er diesmal sogar recht und der Holstein ist tatsächlich einem Herzinfarkt erlegen, allerdings sind die Umstände erwähnenswert – das Opfer wurde nämlich unmittelbar vor seinem Tod gefesselt und *misshandelt*.«

»Und warum betonst du *misshandelt* so seltsam?«, will Svenja wissen.

»Weil die Art der Verletzungen darauf hindeutet, dass es sich eher um eine sexuelle Zuwendung, als um eine *Misshandlung* handelt.«

»Dafür hast du überhaupt keinen Beweis«, schimpft Thomsen.

Nichtsdestotrotz zieht Sophie ihr Handy aus der Tasche und zeigt ihren Kollegen den Schnappschuss, den sie vom entblößten Hinterteil des Opfers gemacht hat.

»Oh lala...« Jasper pfeift durch die Zähne, während sich seine Wangen vor Verlegenheit rot färben.

Svenja kichert ungeniert los. »Da ist der Herr Chorleiter wohl ein schlimmer Junge gewesen.«

»Ich hol mir 'nen Kaffee«, brummt Thomsen und steht auf.

Svenja sieht ihm amüsiert hinterher.

»Scheint so, als ob unserem Chef dieses Thema peinlich wäre – aber nun mal ohne Spaß: Es ist doch bekannt, dass sexuelle Lust aufs Herz gehen kann. Viele Männer im reiferen Alter sterben beim Liebesspiel – so gesehen ist das kein so ungewöhnlicher Todesfall.«

»Hast du deshalb meiner Mutti versprochen, eine Freundin für mich zu finden?«, wirft Jasper ungewohnt schlagfertig ein.

»Ja, hahaha, erwischt.« Svenja lacht so herzhaft, dass ihr blonder Pferdeschwanz wie wild hin- und herschwingt. »Aber ernsthaft jetzt: Müsste nicht der exzessive Sex *für* den Herzinfarkt sprechen, statt *dagegen?*«

»Schon«, räumt Sophie ein. »Aber dann möchte ich wissen, warum sich sein Sexpartner oder seine

Sexpartnerin nicht die Mühe gemacht hat, einen Notarzt zu rufen, jedoch viel Zeit und Energie darauf verwendet hat, ihn wieder anzukleiden.«

»Stimmt«, gesteht ihre Kollegin nun zu. »Irgendetwas stimmt da nicht.«

5

Sophie ist dem Zufall dankbar, der dafür gesorgt hat, dass Dr. Peter Jensen heute Dienst hat. Von allen Gerichtsmedizinern, die ihr bisher in Husum untergekommen sind, ist er ihr der liebste.

»Hat die SpuSi bereits Spuren von der Leiche genommen?«, will er wissen, während er sich die Handschuhe überzieht.

»Nein.« Sie schüttelt zur Verdeutlichung den Kopf. »Wir haben sie noch nicht angefordert . . . warum fragen Sie? Sehen Sie welche?«

Jensen nickt und nimmt mit der Pinzette einige Haare von der Kleidung des Leichnams auf und legt sie in einer Kunststoff-Schale ab.

»Sehen Sie, auf dem Anzug des Toten gibt es unterschiedliche Haare, lange schwarze, kurze hellbraune und kurze dunkelbraune.«

»Ja.« Sophie ändert ihren Blickwinkel mehrmals, bis sie sämtliche Haare auf der Leiche im Licht glitzern sieht. »Da sind tatsächlich einige. Aber das könnte natürlich auch beim Transport passiert sein.«

»Richtig.«

Dr. Jensen sammelt die Haare auf, tütet sie ein und

beschriftet den kleinen, durchsichtigen Beutel mit der zugehörigen Kennzahl und dem Vermerk *Haare Anzug außen*. Er übergibt ihn Sophie und schneidet anschließend die Leiche aus der Kleidung. Mit einer Taschenlampe leuchtet er die Haut akribisch ab.

»Diese Haare sind auch unter der Unterwäsche.« Er richtet den Lichtstrahl nun auf ein langes schwarzes Haar, das sich im Schamhaar des Opfers verfangen hat.

»Sehen Sie?« Nun ändert er den Winkel der Lampe ein wenig. »Hier haben sich auch kürzere Haare festgehakt.« Vorsichtig nimmt er ein dunkelbraunes und ein hellbraunes Haar mit der Pinzette auf, steckt sie in einen weiteren durchsichtigen Plastikbeutel und beschriftet ihn mit dem Zusatzvermerk *Haare vom Intimbereich*.

»Es scheint sich dabei um unterschiedliche Personen zu handeln«, führt er weiter aus, während er Sophie den Plastikbeutel überreicht. »Denn das lange schwarze Haar gleicht nicht dem dunkelbraunen, und das hellbraune . . . nun ja, ich bin nicht sicher, ob das überhaupt menschlich ist.«

»Was denn sonst?«, schaltet sich nun Jasper ein, der bisher regungslos zugehört hat.

»Sie könnten auch von einem Tier stammen.«

»Von einem Tier? Im Schamhaar?« Jaspers Augen weiten sich. Man kann ihm ansehen, was ihm nun durch den Kopf geht.

Dr. Jensen bleibt um Sachlichkeit bemüht. »Wie auch immer, die KTU wird das feststellen. Eines ist jedoch gewiss, dass die Personen, die die Haare verloren haben, sehr nah am Opfer dran waren, als es nackt war.«

Sophie nickt zufrieden, während sich ihre Finger um die beiden Plastikbeutel krallen.

Nachdem die Leiche nun für die Untersuchung bereit ist, beginnt der Gerichtsmediziner mit der Inspektion der Haut. Besonders den deutlich sichtbaren Spuren an den Handgelenken widmet er viel Zeit. »Zweifellos ist er gefesselt worden und zweifellos mit einem Seil. Ich schätze den Durchmesser auf acht Millimeter. Die Abdrücke zeigen deutlich, dass er sehr eng eingeschnürt worden ist, allerdings scheint er sich kaum dagegen gewehrt zu haben, denn blutige Einschnitte in die Haut gibt es nicht.«

Jasper kann sich ein Grinsen nicht verkneifen. »Das dachten wir uns schon.«

»Gleiches gilt im Übrigen für seine Geschlechtsorgane. Auch die wurden mit etwas abgebunden, es scheint sich hier um eine dünnere Schnur zu handeln. Aber auch hier ist kein Blut ausgetreten.«

»Oh«, macht Sophie überrascht. »Das ist neu.«

Sie muss sich eingestehen, dass sie dieses spezielle Organ des Opfers bisher nicht so genau in Augenschein genommen hat.

»Und wozu ist das gut? Ich meine, das Abbinden . . .?«, fragt Jasper und an seiner gekrümmten Haltung kann man ablesen, wie sehr ihm bereits die Vorstellung zusetzt.

»Es gibt Menschen, die dies als luststeigernde Praxis empfinden«, erklärt Dr. Jensen und winkt einen jungen Angestellten herbei, der ihm hilft, die Leiche umzudrehen.

»Sehen wir uns nun seine Kehrseite an. Die Striemen hier sind nicht bloß oberflächlich. Ich vermute, es ist eine Gerte oder ein Rohrstock oder etwas ähnlich dünnes verwendet worden, welches die Haut an einigen Stellen zum Aufplatzen brachte. Und diese aufgeplatzte Haut gibt uns ganz deutlich Auskunft über seinen Tod.«

»Ja?« Sophie sieht den Gerichtsmediziner erfreut an.

»Auf jeden Fall.« Dr. Jensen beäugt mit einem riesigen Vergrößerungsglas die Wunden. »Sie müssen wissen, dass jede Wunde sofort mit der Heilung beginnt. Der Körper lässt sich damit keine Zeit. Die Blutgerinnung wird angeworfen, die Wundränder verändern sich. Sehen Sie diese aufgeplatzte Stelle hier? Die ist vermutlich als erste und eine halbe Stunde vor seinem Tod entstanden, da ist der Heilungsprozess bereits losgetreten worden. Ganz anders bei dieser Stelle hier.« Dr. Jensen deutet auf eine Strieme an der rechten Pobacke. »Ich denke, er ist unmittelbar nach diesem Hieb gestorben. Denn hier fand keine Gegenwehr des Körpers mehr statt.«

»Verstehe.« Sophie nickt beeindruckt. »Und woran?«

»Das sehen wir uns als Nächstes an. Nachdem keine äußeren Verletzungen oder Einstiche oder andere sichtbare Verletzungen vorliegen, die zum Tod geführt haben könnten, sehen wir mal nach, was sich im Inneren des Verstorben abgespielt hat.«

Dr. Jensen winkt neuerlich Unterstützung herbei, denn für den Y-Schnitt muss die Leiche wieder auf den Rücken gedreht werden.

»Ich darf Sie bitten, sich nun ein Stück zu entfernen, es kann zu weitreichenden Spritzern kommen«, erklärt er, während er seinen durchsichtigen Gesichtsschutz in Position rückt.

Die Ermittler kennen das Prozedere bereits zur

Genüge und ziehen sich freiwillig deutlich weiter zurück als nötig. Sophie beobachtet ein wenig amüsiert, wie Jasper sich mit geschlossenen Augen die Ohren zuhält, sowie das Geräusch der Motorsäge ertönt. Erst nachdem der Brustkorb fertig aufgespreizt ist, wagen sie sich wieder ein Stück näher.

Dr. Jensen widmet sich nun den inneren Organen. Er entnimmt sie, betrachtet sie sorgfältig von allen Seiten und legt sie anschließend auf die Waage. Dem Herz widmet er besonders viel Zeit.

»Da haben wir den Übeltäter. Sehen Sie hier, das ist ein alter Infarkt, der muss so ungefähr ein Jahr her sein. Damals ist er noch davongekommen, aber nun . . . ja, dieser Infarkt war tödlich. Das ist eindeutig. Der Zustand des Herzens und der Herzkranzgefäße ist nur noch als desaströs zu bezeichnen. Dieser Mann hätte längst eine OP gebraucht, also wenn ihn jemand umgebracht hat, dann sein behandelnder Arzt.«

»Oh. Sie meinen . . .« Jasper kratzt sich verlegen hinter dem Ohr.

»Das war nicht wörtlich gemeint«, erklärt Sophie und wendet sich wieder an den Gerichtsmediziner.

»Wenn ich Sie richtig verstanden habe, hat die Misshandlung seines Hinterteils eine halbe Stunde oder länger gedauert, wodurch der Herzinfarkt ausgelöst wurde, der tödlich endete?«

»Mhm, so wie sich mir der Fall in seiner Gesamtheit darstellt, würde ich es wie folgt formulieren: Das Liebesspiel, das SM-Praktiken beinhaltete, wurde durch einen Herzinfarkt radikal beendet. Aufgrund des schlechten Zustands seines Herzens hätte auch der schnellste und beste Notarzt keine Chance mehr gehabt.«

Sophie lässt die Schultern sinken.
»Dann bleibt es also dabei, natürlicher Tod durch Herzinfarkt?«
»Ja und nein. Meiner Meinung nach hätte ihn bereits die geringste Aufregung umgebracht. Allerdings steht fest, dass er sich beim besten Willen nicht mehr selbst anziehen konnte. Und wer auch immer bei ihm war, hätte für Hilfe sorgen müssen. Er oder sie konnte ja nicht wissen, dass es nichts mehr bringen würde. Spannend wäre auch zu hören, wie der behandelnde Arzt den Zustand seines Patienten rechtfertigt. Auch wenn das ein Kollege ist, aber der hätte schon vor Wochen Alarm schlagen müssen.«

Sophie nickt bloß, was soll sie darauf schon sagen. Dann fällt ihr doch noch etwas ein.

»Wann ist der Tod eingetreten?«

Dr. Jensen lächelt. »Diese Frage habe ich erwartet. Wenn man alle Faktoren berücksichtigt, vermutlich am Sonnabend zwischen einundzwanzig und zweiundzwanzig Uhr.«

6

Wenn man den Hauptkommissar ein wenig näher kennt, dann erkennt man an der Art, wie er sich räuspert und sich über seinen Drei-Tage-Bart streicht, dass ihm dieser Fall nicht ganz geheuer ist. Er mustert seine Oberkommissarin mit zusammengekniffenen Augen, auf eine Art, wie Menschen üblicherweise missliebige Insekten betrachten.

»Also, der Jensen sagt, es ist zweifelsfrei ein Herzinfarkt – wie im übrigen auch der Aiko feststellte – und trotzdem willst du, dass wir ermitteln?«

»Ja«, gibt sie ein wenig bockig zurück. »Weil hier irgendwas nicht stimmt.«

»Aber so 'n richtiger Mord ist das jetzt nicht«, meint Jasper, »und wenn, dann war's der Arzt.«

»Welcher Arzt?«, fragt Thomsen nun irritiert.

»Der Internist des Opfers«, klärt Sophie ihren Chef auf. »Der Magnus Holstein war schwer herzkrank. Sein Arzt hätte etwas unternehmen müssen, sagt zumindest der Gerichtsmediziner.«

»Stimmt. Der Jensen sagte, jede größere Aufregung hätte das Ende bedeutet«, ergänzt Jasper.

»Und nach allem, was ich über sein Hinterteil gehört

habe, war die Aufregung bei diesem Spielchen sicher enorm groß«, kichert Svenja.

»Jedenfalls passt hier so einiges nicht zusammen. Ich finde, wir sollten da unbedingt nachhaken«, insistiert Sophie. »Oder möchtest du der Presse erklären, dass es uns egal ist, dass jemand den toten Chorleiter wie eine Puppe angezogen und liegengelassen hat?«

»Hmm«, brummt Thomsen missmutig und ärgert sich über die Gesamtsituation. Leider muss er der Meerkatz recht geben – jemand war involviert, und dieser jemand wollte ganz offensichtlich vertuschen, dass der Tod bei einem Sexspiel eingetreten ist. Oder bei einer Folterung – denn in Wahrheit ist die Annahme einer sexuellen Praktik und damit verbunden die Einwilligung des Opfers zum jetzigen Zeitpunkt bloß reine Spekulation.

»Und dann stellt sich noch die Frage, welche Personen ihre Haare auf der Leiche hinterlassen haben, und ob eventuell ein Tier involviert war«, führt Sophie weiter aus. »Außerdem würde mich interessieren, ob die Person, die ihm die Hiebe verpasste, wusste, dass jegliche Aufregung tödlich enden würde? Und es vielleicht sogar darauf angelegt hatte?«

»Hmm«, brummt Thomsen neuerlich, mittlerweile richtig verärgert, dass er diese Argumente nicht einfach vom Tisch wischen kann.

»Also gut«, kapituliert er schließlich. »Nehmen wir die Ermittlungen auf. Meerkatz, du sprichst mit dem Arzt des Opfers, Svenja und Jasper, ihr beide redet mit den Nachbarn, und ich telefoniere mit den Kollegen von der SpuSi. Die sollen sich das Schlafzimmer des Opfers vornehmen.«

»Prima«, freut sich Sophie und kramt die kleinen

Plastikbeutel aus ihrer Handtasche. »Als Erstes bringe ich gleich mal diese Härchen hier zur KTU. Vielleicht sind ja die zugehörigen Personen in einer unserer Datenbanken erfasst.«

7

Svenja und Jasper stehen vor dem roten Backsteinhaus der Holsteins, dessen Einfahrt vom Van der Spurensicherung versperrt wird. Es ist nicht weiter verwunderlich, dass dies etliche neugierige Nachbarn anlockt, denkt Svenja, während sie die Leute mustert.
»Wohnt vielleicht jemand gegenüber?«, fragt sie in die Menge. Doch das scheint nicht der Fall zu sein.
»Oder nebenan?«
Auch dieses Mal meldet sich niemand. Doch immer mehr Menschen wollen wissen, was denn eigentlich passiert ist.
Doch da geraten sie bei Svenja an die Falsche.
»Wir stellen hier die Fragen. Und wenn Sie uns nicht helfen können, dann halten Sie uns wenigstens nicht von der Arbeit ab.«
Mit grimmiger Miene wendet sie sich ab und steuert auf das nächstgelegene Grundstück zu.
»Dass immer die, die sowieso nichts wissen, sich wichtigmachen müssen«, knurrt sie, während sie die Klingel am Gartenzaun betätigt.
»Du bist heute kratzbürstig«, gibt Jasper gut gelaunt zurück. »Gibt's Ärger im Bio-Bauernhof-Paradies?«

Svenja zuckt missmutig die Schultern.

»Der Winter dauert schon zu lange. Ständig ist es kalt, und es ist so viel draußen zu tun.«

»Wem sagst du das? Von meiner Mutti hör ich das Gleiche. Sie überlegt jetzt, auf ihrem Campingplatz eine Art Winter-Wellness anzubieten.«

»Winter-Wellness?«

»Ja, Sauna und Hot Tub im Freien. Sie meint, das wäre der Burner nach einer Nordic-Walking-Tour.«

»Hmm, stimmt, das hat sie am Samstag auch schon erwähnt, als wir unseren Mädelsabend hatten. Ich muss zugeben, das würde mir gut gefallen.« Svenja tritt frierend von einem Bein auf das andere. »Wenn sie das wirklich umsetzt, muss sie es unbedingt auch für Tagesgäste öffnen. Oder zumindest für Freunde.«

»Ich glaube, das wird nichts.« Jasper legt seinen Kopf in den Nacken und starrt in den wolkenverhangenen Himmel.

»Wieso? Ich würde das sehr genießen . . .«

»Nee, ich meine das Klingeln hier. Scheint niemand da zu sein.«

»Ach so. Ja, da könntest du recht haben.«

Svenja kritzelt mit klammen Fingern eine Aufforderung auf ihre Visitenkarte und wirft sie in den Briefkasten.

»Versuchen wir unser Glück bei den Nachbarn auf der anderen Seite.«

Doch auch dort reagiert niemand auf ihr Klingeln.

»So 'n Mist.« Svenja zieht den Kopf ein und die Schultern hoch, um der Kälte zu trotzen. »Wo stecken die bloß alle?«

»In der Arbeit, vermute ich mal, das kann man ihnen doch nicht übelnehmen«, erwidert Jasper nach wie vor sonnig. »Vielleicht haben wir hier mehr Glück.« Er deutet auf die gegenüberliegende Häuserzeile. Die ebenfalls aus roten Backsteinen bestehenden Häuser sind dicht an dicht gebaut und haben keine Vorgärten.

Gemeinsam identifizieren sie vier, von deren Fenstern aus man auf Holsteins Einfahrt blicken könnte. Erst beim letzten Haus antwortet endlich jemand auf ihr Klingeln. Eine rüstige Rentnerin in einem geblümten Hauskleid öffnet ihnen die Tür.

»Moin.«
»Moin Frau . . .«
»Drerichs.«
»Moin Frau Drerichs«, wiederholt Svenja. »Wir sind von der Kripo Husum, Kommissar Hinrichs und Kommissarin Tades.«
»Kommen Sie rein.«

Das lässt sich Svenja nicht zweimal sagen. Sie rubbelt demonstrativ ihre Finger warm und pustet hinein.

»Darf ich Ihnen einen heißen Tee anbieten? Ich habe gerade einen fertig.«
»Sehr gern.«

Nun hebt sich ihre Laune ein klein wenig.
»Darf ich mal aus Ihrem Fenster sehen? Ich ziehe auch die Stiefel aus.«
»Klar. Machen Sie das, ich sorge inzwischen für den Tee.«

Svenja stellt zufrieden fest, dass sie durch das Esszimmerfenster eine gute Sicht auf die Einfahrt gegenüber hat.
»Haben Sie Kontakt zur Familie Holstein?«
»Aber natürlich.« Frau Drerichs stellt die Kanne auf den Tisch und schenkt ihren Gästen ein. »Die Imke ist

Krankenschwester und eine ganz liebe noch dazu.«

»Und der Herr Holstein?«

»Der war Chorleiter im Kirchenchor in der Sankt Magdalenenkirche. Aber ich geh dort nicht hin.«

»Warum nicht?«

»Ich bin katholisch und die Sankt Magdalenenkirche ist evangelisch. Aber der Chor ist sehr bekannt, der Herr Holstein hat den mit großem Einsatz geleitet.«

»Sie wissen bereits, dass er tot ist?«

»Ja.« Die alte Frau seufzt. »Ich habe den Leichenwagen wegfahren sehen und bin dann zu Imke rübergegangen. Die war mit den Nerven ganz schön am Ende.«

»Soweit wir bisher herausfinden konnten, ist Magnus Holstein am Samstag zwischen einundzwanzig und zweiundzwanzig Uhr verstorben. Haben Sie gesehen, ob er Besuch hatte, der vielleicht schon früher kam?«

»Ach nee, leider. Da war ich gar nicht zu Hause. Ich hab mein Enkelkind von der Kita geholt und dann haben wir gemeinsam gekocht. Meine Tochter ist ebenfalls Krankenschwester, wissen Sie. Wenn sie Nachtdienst hat, spring ich abends ein, bis mein Schwiegersohn heimkommt. Am Sonnabend kam ich deshalb erst gegen dreiundzwanzig Uhr nach Hause.«

Mist, denkt Svenja und verzieht missmutig das Gesicht. »Ist Ihnen sonst irgendetwas aufgefallen, dass uns weiterhelfen könnte?«

»Ich denke nicht. Dass der Herr Holstein herzkrank war, wissen Sie sicher schon.«

»Das war allgemein bekannt?«

»Ja. Imke sagte immer, dass er sich schonen sollte. Sie hat sich gut um ihn gekümmert.«

Svenja nippt an ihrem Tee, der wunderbar heiß und

aromatisch ist. Sie stupst Jasper unter dem Tisch mit dem Fuß an, damit er die Befragung am Laufen hält.

Doch Jasper reibt sich bloß seinen Unterschenkel und starrt selig lächelnd aus dem Fenster.

»Er war ein tapferer Mann«, sagt Frau Drerichs nach einer Weile. »Erst ist ihm die Frau weggelaufen, und dann hat er auf tragische Weise seinen jüngeren Sohn verloren. Doch er hat sich nichts anmerken lassen, war immer elegant gekleidet, freundlich und zuvorkommend. Und ehrgeizig und fleißig noch dazu. Kein Wunder, dass er so einen Erfolg mit seinem Chor hatte.«

8

Die Sprechstundenhilfe, die ihr blondes Haar professionell hochgesteckt trägt, zieht ihre Brille ein wenig nach unten, um einen tadelnden Blick über den Rand derselben werfen zu können.

»Sie können sich hier nicht einfach vordrängen, bitte warten Sie am Ende der Schlange.«

»Oberkommissarin Meerkatz, ich komm von der Kripo Husum«, flüstert Sophie ihr zu. »Wäre es Ihnen lieber, wenn ich Ihnen das vom Ende der Schlange aus zurufe?«

»Um Himmels willen, was wollen Sie denn?«

»Ein Gespräch mit Dr. Maissen.«

»Jetzt sofort?« Hektisch schiebt sie ihre Brille wieder die Nase hoch.

»Ja, jetzt sofort.« Sophie behält ihr Flüstern bei. »Es geht um eine Leiche.«

»Oh . . .« Die Sprechstundenhilfe hebt den Hörer ihres Tischtelefons ab und tippt auf die Eins.

»Wie lange braucht die Frau Ulrich noch? Gleich fertig? Sehr gut. Sie bekommen jetzt einen *offiziellen Besuch* . . . von einer Frau Meerkatz . . . ja, sag ich ihr.«

Nachdem sie aufgelegt hat, rückt sie neuerlich ihre

Brille zurecht und fixiert Sophie mit ihren stark geschminkten Augen.
»Sie können gleich hineingehen, wenn die nächste Patientin herauskommt.« Mit ihren knallrot lackierten Fingernägeln deutet sie auf die entsprechende Tür am anderen Ende des Warteraums.
Sophie nickt und begibt sich schon mal in die richtige Richtung.
Tatsächlich dauert es keine zwei Minuten, bis eine kleine, übergewichtige Frau das Behandlungszimmer verlässt.
Sophie nimmt ihr die Klinke aus der Hand und begrüßt den Arzt, der bereits neugierig auf sie zukommt. Mit seinen viel zu langen blonden Haaren wirkt er jünger und offener als Sophie ihn sich vorgestellt hatte.
»Ich bin von der Kripo Husum, es geht um Herrn Holstein«, kommt sie ohne Umschweife auf den Punkt.
»Oje. Hat sein Herz schlapp gemacht?« Mit einer einladenden Geste fordert Dr. Maissen sie auf, Platz zu nehmen.
»Ja, so kann man es nennen. Er verstarb am Samstagabend – offenbar aufgrund einer Aufregung – an einem Herzinfarkt.«
»Das ist wirklich betrüblich. Aber seit wann ruft ein Herzinfarkt die Kripo auf den Plan?«
»Nun, sagen wir, die Umstände waren eigenartig, außerdem ist dem Gerichtsmediziner aufgefallen, dass Holstein schwer herzkrank war. Es stellt sich die Frage...«
»... warum er nicht operiert wurde?«, unterbricht der Arzt.
»Ja, genau.«

»Simple Antwort: Weil er es nicht wollte. Ich habe ihm eindringlichst zu einer Operation geraten. Mehrmals. Aber er hat sie jedes Mal abgelehnt. Er sagte, sein Bruder wäre daran verstorben, direkt unter dem Messer. Ja, da war nichts zu machen. Deshalb hat er stark blutverdünnende Medikamente einnehmen müssen. Die hätten den Herzinfarkt eigentlich noch eine gute Weile verhindern sollen.« Maissen schüttelt betrübt den Kopf, während er nach Holsteins Akte sucht.

»Kannten Sie den Herrn Holstein näher?«, fragt Sophie. »Privat vielleicht?«

»Nein. Er war zwar seit vielen Jahren mein Patient, aber eine private Begegnung hat es nicht gegeben.«

»Hat er Ihnen vielleicht etwas über sein Privatleben erzählt? Insbesondere über sein Sexualleben?«

»Nein, warum sollte er? Ich bin ja kein Urologe. Wenn ein Patient Probleme mit seiner Potenz hat, bin ich als Ansprechpartner wohl nicht der Richtige.« Er lacht und fährt sich mit beiden Händen durch die langen blonden Haare.

»Von einem Potenzproblem wissen wir auch nichts. Ich bin bloß daran interessiert, ob Herr Holstein Ihnen gegenüber seine sexuellen Vorlieben erwähnt hat?«

Nun lacht Dr. Maissen ungeniert los.

»Die müssen ja außergewöhnlich sein, wenn Sie so explizit daran interessiert sind – aber leider weiß ich darüber nicht das Geringste.«

Er zieht nun eine dicke Mappe aus dem Aktenschrank und schlägt sie auf.

»Hier sehen Sie, dass wir seine Herzfunktion laufend dokumentiert haben. Und da«, er schiebt nun ein Blatt Papier zu Sophie hinüber, »habe ich ihn sogar

unterschreiben lassen, dass ich ihm die Operation dringend empfehle.«
»Ist das seine Medikamentenliste?«
Sophie tippt auf ein anderes Blatt.
»Ja. Da kam schon einiges zusammen.«
»Machen Sie mir davon eine Kopie, bitte.«

9

Daheim angekommen geht Sophie schnurstracks ins Badezimmer und lässt warmes Wasser in die Wanne einlaufen. Otello schmiegt sich maunzend an ihre Beine.

»Ja, das kannst du nicht verstehen, mein Süßer, nicht wahr? Wie kann ich mich bloß mit diesen wunderbar duftenden Badeessenzen aufhalten, wenn du doch bereits am Verhungern bist?«

Sie streichelt ihm liebevoll über den Kopf.

»Was darf's denn heute sein? Lachs oder Hühnchen?«

Otello maunzt aufgeregt und umstreicht in Achterschleifen ihre Beine. In der Küche angekommen bleibt sie vor dem Vorratsschrank stehen, wählt eine Futterdose aus und richtet den Inhalt für ihr Kätzchen appetitlich an.

Während sie zusieht, mit welcher Begeisterung er sich auf seine Mahlzeit stürzt, spürt sie eine Traurigkeit in sich hochkriechen, die ihr den Brustkorb zusammenpresst.

Das ist nicht gut. Gar nicht gut. Als sie merkt, dass sich ihre Augen mit Tränen füllen, beißt sie sich auf die

Lippen. Mit sicherem Griff nimmt sie eine Flasche Rotwein aus dem Regal, entkorkt sie und gießt sich ein Glas ein.

Sehnsüchtig schielt sie zu der Packung Zigaretten hinüber. Doch die eisigen Temperaturen, die draußen herrschen, verleiden ihr dieses Laster.

Sie wischt sich gerade eine heiße Träne von der Wange, als ihr Telefon läutet.

Dr. Alexandra Müller schreibt das Display, und dieser Name zaubert ein dankbares Lächeln auf ihr Gesicht. Ihre Freundin weiß, wann sie gebraucht wird, egal, wie viele Kilometer zwischen Husum und Berlin liegen.

»Moin Alex.«

»Moin? Du sagst zu mir *Moin*?« Alex schüttet sich aus vor Lachen. »So weit ist es schon gekommen?«

»Scheint so.« Sophie muss nun ebenfalls lachen. »Da sieht man, wie einen die Gesellschaft prägt. Ich hör das hier von früh bis spät.«

»Voll krass. Diese Moin-Menschen im Norden beweisen, wie leicht Gehirnwäsche funktioniert«, lästert ihre Freundin gut gelaunt.

»Richtig«, muss Sophie zugeben und nimmt einen Schluck Wein. »Und ich bin offenbar ein leichtes Opfer. Nach bloß einem halben Jahr hab ich die Sprache bereits im Blut.«

»Im Blut oder im Rotwein?« Alex kichert.

»Du kennst mich viel zu gut.«

»Ganz genau. Deshalb merke ich auch, dass du Kummer hast. Mein Handy empfängt traurige Vibes aus dem Norden.«

»Es ist bloß . . . alles zusammen.« Sophie verzieht das Gesicht und erinnert sich, dass immer noch Wasser in ihre Wanne läuft.

»Warte einen Moment.«

Sie eilt ins Badezimmer und dreht nach einem Blick auf die volle Wanne den Wasserhahn zu. Ihr Handy schaltet sie auf Raumsprechfunktion und positioniert es gemeinsam mit dem Rotweinglas auf dem Wannenrand.

»Ich gönn mir jetzt ein warmes Bad«, erklärt sie ihrer Freundin, während sie aus ihren Klamotten schlüpft. »Nur für den Fall, dass heiße Vibes mit Lavendelduft bei dir ankommen.«

»Danke für die Warnung. Und jetzt erzähl mal, was dich so bedrückt. Bist du wirklich wieder Single?«

»Ich weiß es nicht«, schnieft Sophie. »Das ist ja Teil des Problems, dass ich mich nicht auskenne. Seit dieser unseligen Begegnung zwischen Evando und Enno auf Thomsens Verlobungsparty ist irgendwie alles aus dem Ruder gelaufen.«

»Aber du hast mir doch erzählt, Evando hat richtig cool reagiert, als du Enno geküsst hast . . .«

»Hey . . . Enno hat mich geküsst, und ich war so überrascht, dass ich an Ort und Stelle zur Salzsäule erstarrt bin.«

»Okay, okay. Enno hat dich geküsst, aber Evando hat es locker weggesteckt.«

»Dachte ich, war aber dann doch nicht so. Bloß so lange, wie die Konkurrenz noch in Husum war. Drei Wochen lang. Kaum hatte sich Enno nach Argentinien verschüsst, ging's bergab. Am Anfang checkte ich es gar nicht, weil Evandos Rückzug so subtil war. Zu Silvester hat er praktisch noch bei mir gewohnt und jetzt – drei Wochen später – sehe ich ihn kaum noch. Seit einer Woche war er nicht mehr hier und seit drei Tagen ruft er nicht einmal mehr zurück«, beklagt sich Sophie.

»So ein Scheißkerl«, schimpft Alex. »Er könnte wenigstens sagen, was Sache ist.«
»Ja, finde ich auch.«
»Hast du ihn gefragt?«
»Ja, mehrmals. Kamen aber bloß Ausreden, keine Zeit, viel Arbeit, das Übliche eben«, seufzt Sophie.
»Hmm, das stimmt vielleicht zum Teil. Er steckt mitten im Peer-Review über seine Arbeit, das ist schon fordernd, das weiß ich aus eigener Erfahrung. Wir Gerichtsmediziner haben eben auch unseren Ehrgeiz, aber die Unterschiede bei den Zersetzungsprozessen zwischen Salz- und Süßwasserleichen sollten nicht unser gesamtes Leben bestimmen.«
»Ich denke, er ist einfach zu feig, um Schluss zu machen. Offenbar will er sich nicht mehr binden, sich aber doch noch ein Hintertürchen offenlassen.«
»Dann sprich ihn darauf an.«
»Er hebt nicht ab. Und ruft auch nicht zurück. Vielleicht denkt er sich, ich bin Ermittlerin, ich komm schon drauf, was das bedeutet . . .«
»Trotzdem ist es nicht okay«, meint Alex erbost. »So geht man doch nicht miteinander um.«
»Ja, das ist richtig gemein.« Sophie lässt die Tränen nun hemmungslos fließen. »Und außerdem vermisse ich ihn . . .«

*Ein kleiner Irrtum am Anfang
wird am Ende ein großer*

Aristoteles

Dienstag

10

Mit einem strahlenden Lächeln und federnden Schritten serviert Jasper seinen Kolleginnen den morgendlichen Kaffee.
»Deine gute Laune nervt«, motzt Svenja.
»Und wie«, stimmt Sophie sauertöpfisch zu.
»Aber...«, beginnt Jasper.
»Spar's dir.« Svenja steht auf und tritt ans Fenster, wo sie Eisblumen betrachtet. »Das Wetter ist der totale Wahnsinn. Diese Kälte ist mörderisch.«
»Aber das ist sie doch jedes Jahr.« Jasper kratzt sich ein wenig hilflos am Hinterkopf, an eben jener kreisrunden Stelle, wo ihm schon seit Jahren die Haare ausfallen.
»Mag sein«, gibt Svenja zähneknirschend zu. »Aber die bisherigen Winter hab ich in meiner gut beheizten Wohnung verbracht. Wenn du dich in sexy Unterwäsche entspannt auf der Couch rekeln kannst, ist die Welt in Ordnung – egal, welche Temperaturen draußen herrschen. Aber auf Okkos Hof kommen wir zeitweise bloß auf zwanzig Grad – im Wohnzimmer. Im Schlafzimmer noch weniger. Und es ist unglaublich viel draußen zu tun, wenn man Tiere hält. Mein Privatleben

spielt sich zwischen Stall und Küche im Dauerfrost ab. So ein Hofleben kann echt brutal sein . . . Mann, war ich naiv!«
»Das sind wir doch alle, wenn es um Männer geht«, pflichtet Sophie ihr missmutig bei.
»Weiß eigentlich jemand, wo der Chef steckt?«, wechselt Jasper das Thema.
»Nö«, meint Sophie und Svenja malt desinteressiert die Eisblumen mit ihrem Zeigefinger nach.
»Er wollte doch mit uns die weitere Vorgehensweise abstimmen, deswegen sollten wir um acht hier sein«, setzt Jasper fort. »Nun ist es schon halb neun . . .« Sophie nippt an ihrem Kaffee.
»Wahrscheinlich erfreut er sich an seinem Privatleben, so verliebt wie die Maike ist.«
»Aber deshalb kann man trotzdem pünktlich sein, ich bin privat auch sehr glücklich, seit die Billi meine Freundin ist«, eifert sich Jasper mit strahlenden Augen.
»Ja, das ist nicht zu übersehen«, kommentiert Svenja miesepetrig.
»Stellt euch vor, was sie gestern zu mir gesagt hat . . .«, beginnt Jasper von Neuem.
Aus Sophies Büro dringt das Läuten ihres Festnetztelefons – für sie ein willkommener Anlass, den Großraum zu verlassen. Erleichtert, Jaspers euphorischem Bericht über sein Liebesleben zu entkommen zu sein, schließt sie ihre Bürotür hinter sich.
Auf dem Display des Tischtelefons steht *Petersen*. Warum ruft der Dienststellenleiter sie direkt an? Seine Anliegen bespricht er üblicherweise mit dem Hauptkommissar persönlich.

»Meerkatz.«
»Liebe Frau Kollegin, ich muss Sie ersuchen, umgehend in mein Büro zu kommen.«
»Selbstverständlich. Geht es um den neuen Fall? Soll ich Unterlagen mitbringen?«
»Nein, nein. Kommen Sie einfach sofort.«
Das Klicken in der Leitung signalisiert ihr, dass ihr Gesprächspartner bereits wieder aufgelegt hat.
Als sie die Tür zum Großraum wieder öffnet, hört sie noch das Ende von Jaspers Satz.
». . . aber ich finde das schon ein wenig mysteriös. Das Handy vom Rüden ist nicht mal an.«
»Und es wird noch mysteriöser«, stimmt sie ihrem Kollegen zu.»Ich soll nämlich sofort beim Petersen antreten.«

11

Görg Petersen erhebt sich, um Sophie mit Handschlag zu begrüßen. Dabei kommt sie nicht umhin zu bemerken, wie stark seine Handfläche schwitzt. Während sie mit stoischer Miene ihre Hand an der Hose abwischt, fallen ihr auch die roten Flecken in seinem Gesicht auf. Der Rüde hat schon mehrmals erwähnt, dass eben jene Flecken bei Petersen ein untrügliches Zeichen für großen Stress sind. Dazu passt auch, dass er nervös an seiner Brille herumfummelt. Was zur Hölle ist hier los?

»Schön, dass Sie gleich kommen konnten, ähem, liebe Frau Meerkatz.«

Sophie erwidert nichts darauf und so entsteht eine spannungsgeladene Stille.

»Ja, ähem, warum ich Sie hergebeten habe . . .«

»Ja?« Sophie sieht ihn nun mit hochgezogenen Augenbrauen abwartend an.

»Nun, äh, wir haben leider eine unangenehme Situation, ich weiß gar nicht, wie ich Ihnen das erklären soll . . .«

Sophie verdreht innerlich die Augen. Sie kennt den Dienststellenleiter als jemanden, der sehr geschickt darin ist, sich selbst und seine Dienststelle im besten Licht darzustellen. Er ist der geborene Prahler, der sich gern im Erfolg seiner Mitarbeiter sonnt. Wenn er jedoch über Probleme sprechen muss, oder schlechte Nachrichten zu überbringen hat, wandelt sich seine Eloquenz in ein erbärmliches Gestotter. Das nunmehrige Geschwafel erreicht jedoch auch für seine Verhältnisse ein neues Level an Unverständlichkeit. Ganz offensichtlich braucht er Hilfe.

»Wir haben also eine unangenehme Situation?«, bohrt sie nach.

»Richtig.« Neuerlich nimmt er seine Brille ab und reibt mit einem Brillenputztuch das ohnehin blitzende Glas sauber.

»Und diese Situation hat mit Hauptkommissar Thomsen zu tun?«, schießt Sophie forsch ins Blaue.

Vor Schreck lässt er die Brille fallen.

»Woher wissen Sie das?«

»Von Ihnen. Sie rufen mich an, und nicht ihn. Außerdem ist er nicht im Büro und nicht erreichbar. Also, was ist los?«

»Hm, ja, Sie sind wirklich eine gute Ermittlerin . . .«

»Bitte«, unterbricht Sophie, die spürt, wie ihr langsam, aber sicher der Geduldsfaden reißt. »Nun sagen Sie schon.«

»Nun, äh, also wir müssen davon ausgehen, dass er . . . ähem . . . vorübergehend, ich meine hoffentlich bloß vorübergehend, vom Dienst freigestellt wird.«

»Was?« Sophie springt so heftig auf, dass ihr Stuhl nach hinten umkippt. »Warum das denn?«

»Frau Meerkatz, bitte beruhigen Sie sich. Sehen Sie hier?« Er schiebt ein wenig verlegen ein Blatt Papier über den Tisch.

»Das kam heute um sieben Uhr früh von der KTU. Eines der Haare, die auf der Leiche sichergestellt wurden, konnte Hauptkommissar Thomsen zugeordnet werden.«

»Wie bitte?«

»Ja, tut mir leid.«

»Aber . . .« Sophie stellt irritiert ihren Stuhl wieder auf. »Aber das passiert doch immer wieder mal. Wir Kriminalermittler sind oft direkt am Tatort und beugen uns über Leichen – da kann es schon mal passieren, dass wir Hautschuppen oder Haare auf der Leiche hinterlassen. Das ist mir auch schon passiert . . . genau deshalb ist doch unsere DNA gespeichert, damit man unsere Spuren leicht aussortieren kann. Der Rüde verliert in letzter Zeit ständig Haare, seine Verlobte regt sich schon seit Wochen auf, dass sie nach jedem Spaziergang seine Mütze und seinen Mantel ausschütteln muss, weil sie sonst den ganzen Vorraum voller Haare hat.«

»Das mag sein, und ich gebe Ihnen natürlich vollkommen recht, aber in diesem Fall gibt es noch ein weiteres Detail, das wir beachten müssen.« Petersens Gesichtszüge verkrampfen sich erneut. »Das spezielle Haar, auf das sich der Bericht bezieht, wurde unter der Kleidung des Opfers entdeckt.«

»Unter der Kleidung . . .?«

»Ja, leider, um genau zu sein, hat Dr. Jensen laut seinem Protokoll Haare sichergestellt, die sich im Schambereich des Opfers befanden.«

Sophie lässt sich fassungslos auf den Stuhl sinken. Sie war dabei, als Jensen die einzelnen Haare mit der Pinzette aus dem Schambereich abzupfte. Er hatte ausdrücklich darauf hingewiesen, dass sie unterschiedlich wären. Ein langes schwarzes, ein kurzes dunkelbraunes und ein hellbraunes, das vermutlich von einem Tier stammt, wurden vor ihren Augen sichergestellt und eingetütet. Sie sah zu, wie Dr. Jensen das Säckchen beschriftete und brachte es anschließend selbst in die KTU.

»Und die anderen Haare? Das lange schwarze und das hellbraune – was ist mit denen?«, hakt sie nach, in der Hoffnung, dass die Sache dann vielleicht etwas verständlicher wird.

»Das lange schwarze gehört einer Frau, die nicht in unserer Datenbank erfasst ist, das andere einem Fuchs.«

»Einem Fuchs?« Sophie runzelte die Brauen. »Was hat denn ein Fuchs mit all dem zu tun?«

»Ich weiß es nicht. Aber Sie werden nun verstehen, dass diese Situation höchst unangenehm und unerfreulich ist.«

»Ja«, murmelt Sophie und steht auf. »Das ist auch für mich sehr verwirrend. Ist Thomsen nun suspendiert oder nicht?«

»Kriminaldirektor Paulsen, dem Hauptkommissar Thomsen fachlich unterstellt ist, hat den Fall sofort an sich gezogen und den Hauptkommissar zu sich nach Flensburg bestellt. Das Gespräch findet gerade statt. Aber ich zweifle nicht daran, dass es auf eine Suspendierung oder Beurlaubung hinausläuft.«

»Oh Mann . . .« Sophie fährt sich mit beiden Händen durch ihre dichten Locken. Dann gibt sie sich einen Ruck. »Ich versichere Ihnen, wir werden Gas geben und den Fall so rasch wie möglich aufklären, um die Reputation unseres Chefs wieder herzustellen.«

»Ja, also was das betrifft, da wird sich Kriminaldirektor Paulsen mit Ihnen persönlich in Verbindung setzen. Bis dahin gilt, dass weder Sie noch Ihr Team mit Hauptkommissar Thomsen in Kontakt treten dürfen – und auch sonst keinerlei Ermittlungen anstellen. Lassen Sie die Finger von dem Fall, bis Sie weitere Instruktionen erhalten.«

Sophie spürt, wie plötzlich Ärger in ihr hochkocht. *Was soll das jetzt?* Sie stützt sich mit beiden Armen auf Petersens Schreibtisch auf, bereit, ihm ihre Empörung ins Gesicht zu schleudern. Im nächsten Moment überlegt sie es sich anders, schnappt sich den Bericht der KTU und stürmt ohne ein weiteres Wort aus dem Büro des Dienststellenleiters.

12

»Was hab ich denn für eine Wahl?« Kriminaldirektor Paulsen sieht den Hauptkommissar, der ihm mit verschränkten Armen und zornig gerunzelten Brauen gegenübersitzt, über die Aktenberge auf seinem Schreibtisch hinweg vorwurfsvoll an.
»Du könntest mir glauben«, blafft Thomsen. »Also hast du 'ne Wahl.«
»Wie denn? Wenn hier schwarz auf weiß steht, dass ein Haar von dir an einer intimen Stelle des Opfers gefunden wurde.«
»Ein Haar! Das ist so was von lächerlich!« Thomsen schnaubt vor Wut. »Lass mich ermitteln und ich beweis dir, dass da nichts dran ist.«
»Mensch Rüde, hörst du nicht, wie das klingt? Also ob du nur darauf aus bist, alles unter den Tisch zu kehren.«
»Das ist doch Quatsch! Es kann nur ein Missverständnis sein, ich sag dir jetzt zum dritten Mal, ich kenne den Verstorbenen nicht persönlich. Schreib es dir auf: Ich bin ihm nie begegnet.«
»Und was ist mit der Frau?«

»Welcher Frau?«
»Da war noch 'ne Frau im Spiel. Jetzt stell dich doch nicht blöder als die Polizei erlaubt. Nicht nur von dir, auch von ihr wurde ein Haar gefunden – an der gleichen intimen Stelle – und darüber verlange ich Aufklärung. Was ist da gelaufen?«
»Ist das jetzt ein Verhör? Du zwingst mich dazu, mich ständig zu wiederholen. Ich weiß nicht, wieso die KTU denkt, das Haar wäre von mir. Also gib mir wenigstens drei Tage, um das herauszufinden.«
Paulsen schüttelt bedauernd den Kopf.
»So einfach ist das nicht. Es gibt Dienstvorschriften, die ich in so einem Fall beachten muss. Demnach bin ich verpflichtet, den Landespolizeidirektor von Schleswig-Holstein sofort zu informieren, was ich auch gemacht habe. Und man kann es ihm nun wirklich nicht verübeln, dass er in so einem heiklen Fall Vorsicht walten lassen möchte.«
»In so einem heiklen Fall? Wieso ist dieser Fall denn plötzlich heikel? Der Holstein ist an einem Herzinfarkt verstorben, wir ermitteln doch eigentlich bloß wegen unterlassener Hilfeleistung.«
»Tja, und das auch nur, weil deine Oberkommissarin darauf bestanden hat. Wäre es nach dir gegangen, wären gar keine Ermittlungen angestoßen worden, nicht wahr?«
»Das ist doch Quark zum Quadrat!«, empört sich Thomsen, der sich im Stillen fragt, wer das dem Paulsen gesteckt haben könnte. »Der Leichenbeschauer, Dr. Emmermann, hat den Herzinfarkt festgestellt, nicht ich.«
»Und jener Emmermann ist nur rein zufällig ein guter Segelkamerad von dir?«

»Ja, natürlich. Diese Leidenschaft teilen wir schon lange. Im Übrigen waren wir beide auch schon mal...«

»Ich erinnere mich. Aber ein Segeltörn macht keine Freunde fürs Leben. Ich bin in jedem Fall verpflichtet, objektiv zu bleiben.«

»Soll heißen?« Thomsen lehnt sich resignierend zurück.

»Das heißt, es bleibt mir nichts anderes übrig, als dich per sofort von diesem Fall abzuziehen und vom Dienst freizustellen.«

»Ich bin also suspendiert?«

»Nur, wenn du dich nicht freiwillig zurückziehst. Du könntest dir beispielsweise Urlaub nehmen.«

»Urlaub? Jetzt? Ernsthaft?«

Paulsen nickt bedächtig. »Andernfalls bleibt mir keine Wahl...«

»Verstehe«, brummt Thomsen verärgert. »Und dafür musste ich wie ein Verrückter nach Flensburg hetzen, im Frühverkehr noch dazu? Diesen hanebüchenen Blödsinn hättest du mir am Telefon auch erzählen können.«

»Na hör mal! Ich bin doch verpflichtet, dich in einem Vieraugen-Gespräch anzuhören, es geht schließlich nicht nur um deine Karriere, sondern auch um den guten Ruf der Kriminalpolizei im Allgemeinen.«

»Ach. Wieso das denn?«

»Es war auch noch ein Tier involviert.«

»Worin?«

»Genau das würde ich von dir gern erklärt bekommen«, verlangt Paulsen. »Neben deinem Haar und dem der unbekannten Schwarzhaarigen wurde auch das eines Fuchses gefunden.«

»Eines Fuchses?«
»Genau. Also, ich warte...«
»Worauf?«
»Auf eine Erklärung.«
»Die kannst du vergessen«. Thomsen steht auf. »Ich geh jetzt. Wenn dir das nicht passt, kannst du mich gern auf der Stelle verhaften.«
Nun wird der Kriminaldirektor blass und auf seiner spiegelglatten Glatze bilden sich Schweißperlen. Seine Gesichtszüge verraten, dass er sich bereits die katastrophalen Schlagzeilen der Medien ausmalt: *Hauptkommissar der Kripo Husum als Mordverdächtiger festgenommen – handelt es sich gar um einen perversen Sexualmord?*
»Nee, bloß das nicht«, stöhnt er frustriert und betupft sich mit einem Taschentuch die Stirn. »Ich will dir bloß dringend nahelegen, ein paar Tage Urlaub zu nehmen. Fahr heim und bleib zu Hause. Und sprich um Himmels willen nicht mit der Presse. Und – ganz unter uns – falls du den Holstein doch näher kanntest, such dir 'n guten Rechtsanwalt.«

13

Jasper und Svenja sind gerade dabei, das von Svenja frisch getippte Protokoll über die Vernehmung von Frau Drerichs durchzugehen, als Sophie mit einer Energie in den Großraum platzt, die die beiden aufschrecken lässt.
»Gut, dass du kommst«, erklärt Svenja, »wir sind uns jetzt nicht ganz sicher, ob das Datum am Anfang oder am Ende vermerkt werden soll.«
»Am Anfang«, beginnt Jasper, doch Svenja schneidet ihm das Wort ab. »Deine Meinung kenn ich schon, doch da war doch neulich so 'ne Rundmail, dass bei informellen Zeugenaussagen das Datum und die Uhrzeit immer am Ende anzuführen sind.«
Sophie starrt Svenja verständnislos an.
»Was?«
Jasper fühlt sich bemüßigt, zu vermitteln. »Sie meint, dass . . .«
»Stopp.« Sophie setzt sich den beiden gegenüber. »Wir haben jetzt ganz andere Probleme: Der Rüde wurde soeben suspendiert.«
Nun blickt sie in zwei fassungslose Gesichter. Svenja schnappt lautlos nach Luft, während Jasper lediglich ein

verstörtes »Äh . . .« zustande bringt.

»Vielleicht nimmt er auch bloß Urlaub«, schwächt Sophie ihr Statement ein wenig ab.

»Es geht jedenfalls um die Haare, die der Jensen aus dem Intimbereich des Verstorbenen gezupft hat. Erinnerst du dich?«, spricht sie ihren Kollegen nun direkt an.

»Sicher.« Jasper nickt bestätigend. »Ein langes schwarzes, ein kurzes dunkelbraunes und noch eines, das möglicherweise von einem Tier stammen könnte«, gibt er wieder, was er sich eingeprägt hat.

»Genau. Die Kollegen von der KTU haben nun festgestellt, dass das kurze dunkelbraune dem Rüden gehört.«

»Nein.« Svenja schlägt sich mit der Hand auf den Mund. »Aber das . . .«

»Das ist Quatsch«, unterbricht Jasper. »Die haben Mist gebaut.«

»Denke ich auch«, stimmt Sophie zu.

»Worauf warten wir dann noch? Statten wir unseren Kollegen einen Besuch ab und klären die Sache.« Jasper steht auf und macht sich groß. Die Art, wie er seinen Brustkorb herausstreckt, erinnert Sophie an einen Gorilla. Fehlt nur noch das Trommeln.

»Besser nicht«, bremst sie ihren motivierten Kollegen. »Ich habe strikte Weisung, den Fall nicht anzurühren, bis die Leitung geklärt ist. Wir müssen abwarten . . .«

»Abwarten?« Svenja springt nun ebenfalls empört auf. »Pah . . . wir müssen unseren Chef entlasten, das müssen wir.«

»Moment«, meint Jasper, »da fällt mir etwas ein. Hast du nicht einen guten Draht zu Jan Gerdes, der für die DNA-Auswertungen zuständig ist? Ihr seid doch

schon seit Jahren befreundet?«
»Wir waren«. Svenja lässt frustriert die Schultern hängen. »Doch vor zwei Wochen hat mein Bruder ihm 'ne Schrottkarre angedreht. Die steht nun seit einer Woche in der Werkstatt und ist nicht wieder flott zu kriegen.«
»Deshalb kündigt er dir die Freundschaft?«, fragt Sophie verblüfft.
»Scheint so. Sein gesamtes Erspartes ist dabei draufgegangen. Jetzt hebt er nicht mal mehr ab, wenn ich anrufe.«
»Mist. Dann werde ich mal mit ihm reden«, trumpft Jasper auf. »Ich lass mir doch nicht von einer Dienstanweisung verbieten, mit einem Kumpel auf ein Bier zu gehen.«
»Bloß, dass du nie mit Kumpels auf ein Bier gehst, und Jan deshalb auch nicht dein Kumpel ist . . .«, gibt Svenja zu bedenken.
»Ach Mann, lass es mich doch wenigstens versuchen, immerhin bin ich bis jetzt der Einzige hier, der sich etwas überlegt hat.«
»Nun, ganz so stimmt das nicht. Ich habe auch nachgedacht und ich finde, wir sollten unsere Mittagspause nutzen, um mit Maike zu sprechen«, erklärt Sophie.
»Oh mein Gott, Maike!«, fährt Svenja wie von der Tarantel gestochen hoch. »Die wird völlig ausrasten. Warum sprechen wir nicht zuerst mit dem Rüden selbst?«
»Das wurde mir von Petersen ausdrücklich verboten.«
»Ich fass es nicht . . .« Svenja stützt ihren Kopf in beide Hände und bläst die Luft aus, als plötzlich lautes

Möwengeschrei den Raum füllt.

Sophie fingert ihr Diensthandy aus der Hosentasche und zeigt ihrer Kollegin das Display. *Eingehender Anruf Kriminaldirektor Paulsen.*

»Meerkatz«, meldet sie sich förmlich und schaltet die Raumsprechfunktion ein, sodass ihre Kollegen mithören können.

»Moin Frau Kollegin, Paulsen hier. Wie Sie wissen, haben wir aktuell 'ne unerfreuliche Sondersituation. Ihr Vorgesetzter, Hauptkommissar Rüdiger Thomsen, wurde mit sofortiger Wirkung vom Dienst freigestellt und kann zu dem aktuellen Fall bloß noch als Zeuge befragt werden. Allerdings nicht von Ihnen oder Ihrem Team, weil durch die tagtägliche Zusammenarbeit Befangenheit anzunehmen ist.«

»Sagen Sie mir gerade, Sie ziehen unser gesamtes Team von dem Fall ab?«

»Nee, das nicht. Ich habe soeben die Leitung an einen meiner Mitarbeiter hier in Flensburg, Hauptkommissar Nielsen, übertragen. Er wird morgen um acht Uhr früh bei Ihnen eintreffen. Stellen Sie sicher, dass das Team vollzählig und vorbereitet anwesend sein wird. Und fassen Sie alles Bisherige in einem schriftlichen Bericht zusammen.«

Weil Sophie vor lauter Empörung nichts einfällt, was sie darauf erwidern könnte, setzt Paulsen nach.

»Kollegin Meerkatz, haben Sie mich verstanden?«

»Ja.«

»Sie führen keine eigenmächtigen Ermittlungen durch und Sie sprechen mit niemandem über diesen Fall. Das gilt auch für Ihr Team. Bestätigen Sie das.«

»Ja, ich habe verstanden.«

Völlig geplättet lässt Sophie ihr Handy sinken und

starrt ins Leere.
»Das ist ein Albtraum«, spricht Svenja aus, was alle denken.

14

Nach einer heftigen internen Diskussion, ob sie dennoch ihre Mittagspause in Maikes Friseursalon verbringen sollten, scheint sich Svenja durchzusetzen.
»Wir sind immer noch freie Bürger und können uns zum Essen verabreden, mit wem wir wollen«, erklärt sie beinahe trotzig.
»Solange wir nicht ermitteln«, stellt Sophie klar. »Wir dürfen nicht über den Fall sprechen.«
»Ich weiß«, knurrt Svenja und Sophie kann sich nicht erinnern, ihre junge Kollegin jemals so wütend gesehen zu haben.

* * *

Vor dem Friseurgeschäft werden sie Zeuge, wie eine völlig verstörte Maike tränenreich eine ältere Dame verabschiedet.
Svenja läuft auf sie zu und nimmt sie fest in den

Arm.
»Komm, wir gehen rein.«
Sophie, die sich hinter den beiden in den Salon schiebt, schließt die Tür und dreht den Schlüssel herum.
»Der Rüde hat mich gerade angerufen«, schluchzt Maike.
»Was hat er gesagt?«
»Dass . . . dass . . .« Maike sieht sich nach einem Papiertaschentuch um. Sie stolpert durch den halben Laden, bis sie eines findet.
»Komm schon, Maike, wir müssen wissen, was er dir gesagt hat.«
Doch Maike schnäuzt sich bloß heftig.
»Ähem«, macht Sophie und sieht ihre Kollegin eindringlich an.
»Ach ja, richtig.« Svenja packt Maike heftig bei den Schultern. »Hör zu. Wir dürfen dich nicht befragen, wir dürfen dir auch nichts sagen, wir dürfen in keiner Weise ermitteln oder auch nur mit dir über den Fall sprechen. Aber wir können hier unsere Mittagspause verbringen, als Freunde, verstehst du? Rein privat. Es liegt also an dir, ob du die Gelegenheit nutzt, uns etwas zu erzählen.«
»Okay, entschuldige, ich bin so verwirrt. Der Rüde hat mich gerade angerufen, er sagte, er wäre ein paar Tage dienstfrei gestellt worden und würde nun in seinem Haus auf mich warten. Ich habe natürlich nachgefragt, was denn los ist, aber ich hatte den Eindruck, dass er mir ausgewichen ist. Er sagte nur, die bei der KTU hätten Mist gebaut, oder der Gerichtsmediziner, aber um was es dabei genau geht, hat er mir nicht verraten. Sag du es mir.« Sie wirft

Svenja einen flehenden Blick zu. »Maike, das darf ich nicht«, entgegnet Svenja bedauernd. »Mach Schluss für heute und fahr nach Hause zu deinem Liebsten. Er kann es dir erzählen.«

* * *

Zurück in der Polizeiinspektion reißt Sophie in der kleinen Personalküche eine Packung Salzcracker auf. »Cracker mit Kaffee«, mault Svenja. »Was das Leben nicht alles zu bieten hat.«
»Was habt ihr von Maike erfahren?«, will Jasper wissen.
»Nichts«, gibt Svenja frustriert zurück. »Sie ist bloß völlig von der Rolle.«
»Was hast du erwartet?«, meint Sophie. »Maike vergöttert ihren Schatz, sie kann es schon nicht verkraften, wenn jemand bloß an seinem Lack kratzt. Und nun hat ihn jemand einfach so vom Thron geschubst. Klar, dass sie fix und fertig ist.«
»Also habt ihr gar nichts herausbekommen«, fasst Jasper die Situation zusammen.
»Yep«, gibt Sophie zu.
»Doch«, widerspricht Svenja. »Wir wissen jetzt mit Sicherheit, wo unser Chef den heutigen Abend verbringen wird.«
»Und inwiefern hilft uns das in diesem Fall weiter?«, fragt Jasper verständnislos.
»Ohne mich«, sagt Sophie, der sofort dämmert,

worauf ihre Kollegin hinauswill.
»Komm schon«, insistiert Svenja. »Der Rüde hat auch schon viel für dich getan.«
»Ja, was denn? Ach ja, jetzt fällt es mir wieder ein. Er nutzt jede Gelegenheit, um sich über mich lustig zu machen.«
»Ja, wenn du dabei bist. Aber wenn du es nicht mitkriegst, ist er immer voll des Lobes.«
»Quatsch.«
»Doch, ehrlich«, bestätigt nun auch Jasper.
»Und außerdem verdankst du ihm Otello«, setzt Svenja weiter nach.
»Okay, das stimmt«, muss Sophie nun widerwillig eingestehen.
»Und den Nissan.«
»Meinen Pick-up? Den hat mir dein Bruder verkauft, schon vergessen?«
»Wie könnte ich?«, stöhnt Svenja. »Du weißt doch noch, dass ich dich ausdrücklich vor dem Kauf gewarnt hatte, und dass er kurze Zeit später schon kaputt war.«
»Ja, aber dann hat die Werkstatt 'ne Kleinigkeit dran geschraubt und seitdem läuft er wie am Schnürchen.«
»Das war keine Kleinigkeit«, stellt Svenja klar. »Sie haben dir bloß 'ne Kleinigkeit berechnet, weil der Rüde ihnen Feuer unterm Arsch gemacht hat.«
Sophie runzelt die Augenbrauen. »Das wusste ich nicht . . . trotzdem, wir dürfen nicht gegen eine ausdrückliche Weisung mit ihm sprechen, damit setzen wir unseren Job aufs Spiel.«
»So siehst du das also.« Svenja wendet sich enttäuscht ab.
»Ja, so sehe ich das. Weil ich felsenfest davon überzeugt bin, dass er mit Holsteins Tod nichts zu

schaffen hat und egal, wer morgen früh mein Vorgesetzter sein wird, ich werde dann, wenn ich wieder darf, alles in meiner Macht Stehende tun, um ihn zu entlasten. Wenn wir beide auch noch von dem Fall abgezogen werden, ist niemandem geholfen. Dem Rüden am allerwenigsten«

»Diesen Standpunkt kann ich auch gut nachvollziehen.« Jasper kratzt sich unschlüssig hinterm Ohr und sieht verzagt zwischen seinen beiden Kolleginnen hin und her. Plötzlich hellt sich seine Miene auf. »Was ist eigentlich mit seinem Alibi? Vielleicht hat er ja eines? Die Maike verbringt doch jeden Abend mit ihm.«

Doch Svenja winkt ab.

»Der Mord geschah am Sonnabend, da hatten wir Mädelsabend bei deiner Mutti. Maike war auch da und der Rüde hat Fußball geguckt, allein zu Hause.«

»Ach ja, stimmt. So 'n Mist aber auch.«

15

In völliger Dunkelheit klopft Svenja an die Terrassentür des gepflegten alten Backsteinhauses. Zuerst zart, dann immer lauter, bis sich jemand nähert und die Tür öffnet.
»Was machst du denn hier?« Thomsen zieht die Augenbrauen grimmig zusammen. »Verpiss dich mal lieber.«
Svenja schnappt empört nach Luft und registriert bei der Gelegenheit, dass ihr Chef nicht mehr nüchtern ist.
»Das tu ich nicht.« Sie drängt sich an ihm vorbei und schließt die Tür hinter sich. Zur Sicherheit zieht sie auch noch die Vorhänge vor.
Maike stürzt sofort auf sie zu.
»Du darfst doch nicht hier sein, Schätzchen! Hast du nicht gesagt, du setzt sonst deine Karriere aufs Spiel?«
»Es muss ja keiner erfahren.«
»Und wenn jemand dein Auto sieht?«
»Das steht im Wald. Ich bin keine Anfängerin, ich kam ungesehen von hinten in den Garten.«
»Warum machst du das?«, fragt Thomsen, während er mit einem lauten *Plopp* eine neue Flasche Bier öffnet.
Svenja sieht ihm nun geradewegs in die Augen.

»Weil ich wissen will, was hier los ist. Wir kennen uns lange genug – ich will, dass du mir erklärst, wie es sein kann, dass ein Haar von dir sich in der Sackbehaarung des Opfers verhakt hat?«

»Ja, darauf hab ich auch noch keine Antwort bekommen«, schließt Maike sich an und sieht ihr Bärchen erwartungsvoll an.

»Das wollt ihr wissen?«, blafft Thomsen und seine Zunge hat bereits einen deutlichen Schlag. »Okay, da habt ihr eure Antwort: Ich hatte 'nen Dreier mit 'ner geilen schwarzhaarigen Hexe und 'nem Fuchs auf dem Schoß dieses Chorleiters. Seid ihr jetzt zufrieden?«

»Rüdiger!«, schimpft Maike. »Jetzt reiß dich aber mal zusammen. Die Svenja will dir doch bloß helfen.«

»Ach ja? Dann soll sie mal ihre Birne anschalten! Das merkt doch 'n Blinder, dass hier nichts zusammenpasst, bloß die einzig logische Erklärung will niemandem einfallen.«

»Und die wäre?«, versucht Svenja es geduldig ein weiteres Mal.

»Dass die Meerkatz die Plastikbeutel vertauscht hat. Mein Haar kann nur außen am Anzug der Leiche gehaftet haben, und nicht auf seinem . . . na, ihr wisst schon. Dieses Haar, das mir offenbar vom Kopf fiel, als ich mich über die Leiche beugte, ist eindeutig falsch etikettiert worden.«

»Du meinst, sie hat geschlampt?«, fragt Svenja fassungslos.

»Nun, ich sage ja nicht absichtlich, aber *sie* hat die Beutel entgegengenommen und in die KTU gebracht – also ja, ohne jeden Zweifel hat *sie* sich vertan.«

16

Sophie geht, eingewickelt in ihre wärmste Decke, auf ihrer Terrasse auf und ab, das Handy fest ans Ohr gepresst. Während sie darauf wartet, dass ihre Freundin abhebt, zieht sie erregt an ihrer Zigarette.
»Hi Süße«, schallt endlich Alex' Stimme aus dem Smartphone.
»Gut, dass du abhebst«, seufzt Sophie erleichtert. »Ich brauche dringend jemanden zum Reden.«
»Ist dein Liebesdrama eskaliert?«
»Nee, Liebesdrama war gestern, heute ist Job-Super-GAU.«
»Ach ja?« Alex lacht.
»Nee ernsthaft. Der Rüde wurde suspendiert, und soeben hat mich meine Kollegin, die Svenja, angerufen und mir mitgeteilt, dass er mich dafür verantwortlich macht.«
»Was – ernsthaft?«
»Ja.« Sophie zieht erneut an ihrer Zigarette.
»Okay, jetzt mal von Anfang an«, verlangt Alex. »Was genau ist da bei euch los?«
Sophie beginnt die leidige Geschichte detailliert zu schildern und ihre Freundin hört aufmerksam zu, bis sie

merkt, dass Sophies Stimme zu zittern beginnt.
»Weinst du oder ist dir kalt?«
»Mir ist kalt.«
»Vermutlich rauchst du wieder auf der Terrasse.«
»Ja.«
»Dann hör auf damit und geh wieder rein. Wenn du dich erkältest, ist auch niemandem geholfen.«
»Okay«, mault Sophie, dämpft ihre Zigarette aus und schlüpft wieder ins Warme. Sie entdeckt, dass in der Rotweinflasche, die sie gestern geöffnet hat, noch ein Rest vorhanden ist und schenkt sich ein Glas ein.

Mit dem Wein in der einen und dem Handy in der anderen Hand lässt sie sich auf den Holzboden in ihrem Wohnzimmer nieder und lehnt sich mit dem Rücken an den Heizkörper.

»Ich weiß, dass ich mich nicht geirrt habe. Ich bin hundertprozentig sicher. Jensen gab mir den ersten Beutel, beschriftet mit *Haare Anzug außen*. Und kurz darauf den zweiten, mit dem Vermerk *Haare vom Intimbereich*. Da kann es zu keiner Verwechslung gekommen sein.«

»Dann muss es eine andere Erklärung geben. Ich arbeite schon viele Jahre als Gerichtsmedizinerin und du kannst mir glauben, wenn ich dir sage, Haare können von überall herkommen. Die sind federleicht, kletten mit einem Luftzug an und fallen mit dem nächsten wieder ab. Die beweisen letztlich nur eine Kette.«

»Eine Kette?«

»Ja. Eine Übertragungskette. Dein Chef hat irgendwo ein Haar verloren . . .«

»Eines?«, unterbricht Sophie. »Wenn man Maike glaubt, verliert er sie büschelweise. Sie hat ihm schon ein spezielles Shampoo besorgt.«

»Umso besser. Also, Maike saugt seine Haare ein, dann

leert sie den Staubsauger aus, entsorgt den Müll, ein Stadtstreicher wühlt darin herum, und einige Härchen bleiben an seinem Mantel haften. Weil sich der junge Stadtstreicher außerdem als Stricher verdingt, wird er von deinem Opfer angeheuert und verbringt gegen Entgelt ein paar amouröse Stunden mit ihm – und der unbekannten Schwarzhaarigen. Bei der Gelegenheit gelangen Thomsens Haare dorthin, wo man sie letztlich gefunden hat.«
»Wow.« Sophie streckt sich auf ihrer Couch lang. »Wenn ich das morgen meinem neuen Chef erzähle, ist der Ofen aus.«
»Wieso?«, wundert sich Alex. »Ich sage dir doch, Haare nehmen die seltsamsten Wege. Da ist alles möglich.«
»Ja, das sagst du. Aber ich hab noch nie so eine abstruse Geschichte gehört. Und dieser Nielsen bestimmt auch nicht. Ach ja, und als Sahnehäubchen obendrauf muss auch noch ein Fuchs ins Bild passen!«

*Wir sind nicht nur für das verantwortlich
was wir tun, sondern auch für das,
was wir widerspruchslos hinnehmen*

Arthur Schopenhauer

Mittwoch

17

Als Sophie kurz vor sieben Uhr morgens den Großraum betritt, findet sie eine eigenartige Stimmung vor. Ihre Kollegen sitzen an ihren eigenen Schreibtischen und nicht wie sonst gemeinsam an Svenjas. Sie reden auch nicht und Jasper hält überdies seinen Kopf gesenkt.

»Er ist schon da«, flüstert Svenja und deutet auf die geschlossene Tür des Chefbüros.

»Aha. Dann geh ich mal Moin sagen.«

Sophie, die auf dem Weg zur Kaffeemaschine in der Personalküche war, macht nun kehrt, um sich dem Neuankömmling aus Flensburg vorzustellen.

Vor der geschlossenen Bürotür bleibt sie stehen. Bei Thomsen hat sie nie geklopft, meist war seine Tür ohnehin bloß angelehnt, aber nun würde ihr das unhöflich vorkommen.

Sie klopft.

Der Mann, der sie hereinruft, wirkt ein wenig schmächtig hinter Thomsens ausladendem Schreibtisch. Sie schätzt ihn auf Mitte vierzig und mustert seine

hagere Gestalt, während er ihr die Hand reicht.
»Oberkommissarin Meerkatz, nehme ich an.«
»Ja.«
»Hauptkommissar Wolf-Dieter Nielsen, ich bin nun bis auf Weiteres Ihr direkter Vorgesetzter.«
»Das wurde mir mitgeteilt.«
»Gut. Dann können wir loslegen. Wir haben Hauptkommissar Thomsen und seine Verlobte zur offiziellen Vernehmung für heute Vormittag einbestellt. Sie können mich begleiten.«
»Okay.« Sophie steht unschlüssig im Raum. Sie wird aus diesem Nielsen nicht schlau. Was erwartet er von ihr? »Haben Sie noch Fragen an mich?«
»Danke nein, Sie können gehen. Halten Sie sich um neun Uhr für die Vernehmung bereit.«

Auf dem Weg in die Personalküche quert sie erneut den ungewohnt ruhigen Großraum. Sie hat vor, diese eigenartige Stille bei ihren Kollegen anzusprechen, allerdings hat die morgendliche Tasse Kaffee Vorrang. Erleichtert stellt sie fest, dass die Kanne noch halb voll ist.
Plötzlich steht Svenja neben ihr.
»Es tut mir leid. Ich möchte mich entschuldigen – wegen gestern. Du hast sicher nichts falsch gemacht, ich war bloß durcheinander.« Verlegen zupft sie ihren Pferdeschwanz zurecht.
»Kein Ding.« Sophie kippt einen Schluck Milch in ihren Kaffee.
»Nee, ehrlich. Es tut mir wirklich leid. Es ist bloß . . . dieser Fall macht mich ganz wuschig. Nicht nur mich, uns alle.«
»Was ist zwischen dir und Jasper vorgefallen?

Warum redet ihr nicht mehr miteinander?«
»Zwischen uns? Gar nichts. Er hat 'n Anschiss kassiert. Vom neuen Hauptkommissar. Gleich zur Begrüßung.«
»Ach.« Sophie zieht die Augenbrauen hoch. »Warum das denn?«
»Wegen seines Gesichts.«
»Was ist denn mit seinem Gesicht?«
»Das soll er dir am besten selbst erzählen. Ich sage nur, das Projekt *Mit-einem-Kumpel-auf-ein-Bier-gehen* ist vollkommen in die Binsen gegangen.«
Sophie nähert sich nun neugierig ihrem Kollegen, der nach wie vor mit gesenktem Kopf auf seinen Schreibtisch starrt.
»Schau mich an.«
»Ach nee.« Widerwillig hebt er den Kopf und präsentiert ein deutlich geschwollenes und blutunterlaufenes Auge.
»Hoppla. In wessen Faust bist du denn gelaufen?«
»Psst . . .« Er deutet in Richtung Chefbüro. »Du weißt doch, dass ich mit den Kollegen von der KTU gestern nach Dienstschluss noch 'n Bier trinken wollte.«
»Um herauszufinden, ob sie Mist gebaut haben?«, erinnert sich Sophie.
»Richtig. Ja, also das kam nicht so gut an. Nachdem ich bei Jan Gerdes wegen eines eventuellen Fehlers nachhakte, ist er mir so heftig zugestiegen, dass ich ihn wegschubsen musste. Reiner Reflex, verstehst du? Und auch nicht wild, aber grad in dem Moment ging hinter ihm ein Typ mit seinem Pudel vorbei und über den ist er dann gestolpert. Der Hund hat sich erschreckt und gebellt und der Jan ist der Länge nach auf den Rücken

geklatscht. Mann, war mir das peinlich. Als ich ihm aufhelfen wollte, ist es passiert. Ein anderer Gast hat die Situation falsch eingeschätzt und mir einen rechten Haken aufs Aug verpasst. Der Jan hat mich dann hinausbegleitet und mir versichert, dass er persönlich und mit aller Sorgfalt diese Haarproben untersucht hätte.«

»Hmm.« Sophie muss ihr Lachen unterdrücken. »Und was hast du dem Nielsen erzählt?«

»Dass ich in 'ne offene Schranktür gelaufen bin.«

»Trotzdem hast du einen Tadel bekommen?«

»Ja. So soll man als Kripobeamter nicht aussehen.«

18

Sophie steht das Entsetzen ins Gesicht geschrieben, als ihr bewusst wird, dass der neue Hauptkommissar aus Flensburg den fensterlosen, hoch technisierten Vernehmungsraum für Thomsens Befragung gewählt hat. Bisher hatten sie diesen Raum äußerst selten genutzt, da er unglaublich einschüchternd wirkt. Hauptkommissar Rüdiger Thomsen hat bereits darin Platz genommen und würdigt Sophie, als sie eintritt, keines Blickes. Sie mustert ihn besorgt. Er sieht gar nicht gut aus. Unrasiert und verkatert. Das letzte Mal, als sie ihren Vorgesetzten in solch einem schlimmen Zustand erlebt hat, war, als er aufgrund eines Streits mit Maike die Nacht im Büro mit seinem dortigen Rotweinvorrat verbracht hatte. Sie erinnert sich ungern daran zurück, weil sie deshalb für ihn bei einer Pressekonferenz einspringen musste, in der sie leider so gar nicht zu glänzen vermochte.

»Moin Rüde.«

»Moin Meerkatz.«

Die Erwiderung der Begrüßung gleicht einem Knurren und sein verbiesteter Blick spricht Bände. Offenbar stimmt es, dass er denkt, dass sie an diesem ganzen Schlamassel Schuld trägt.

»Moin Herr Thomsen«, grüßt nun auch Nielsen, der frisch rasiert und gut gelaunt den Raum betritt.

Souverän setzt er sich Thomsen gegenüber und wirft Sophie, die immer noch unangenehm berührt im Raum steht, einen auffordernden Blick zu. Gleichzeitig deutet er auf den zweiten Stuhl neben sich.

Sie zögert, während sie die beiden Männer betrachtet. Alles, aber auch wirklich alles, was hier abläuft, kommt ihr falsch vor. Am liebsten würde sie den Raum sofort wieder verlassen. Doch damit wäre niemandem geholfen. Am wenigsten ihrem verkaterten Ex-Chef.

Gegen ihren Willen lässt sie sich auf ihrem Stuhl nieder und presst ihren Notizblock wie einen Schutzschild vor die Brust.

»Herr Thomsen, leichte Frage zum Einstieg: Haben Sie Ihr Diensthandy dabei?«, springt Nielsen sofort in medias res.

Ohne Kommentar zieht der Angesprochene es aus seiner Jackentasche und legt es vor sich auf den Tisch.

»Danke.« Nielsen greift danach und gibt es an Sophie weiter.

»Was soll das?«, stammelt sie verblüfft.

»Werten Sie es aus. Oder wollen Sie in diesem Fall mit den Ermittlungen nicht vorankommen?«, gibt ihr neuer Vorgesetzter aalglatt zurück.

»Aber, das ist . . .« Sophie fehlen die Worte.

Doch Nielsen wendet sich bereits wieder seinem Verdächtigen zu. »Haben Sie auch ein privates Handy? Wenn ja, wäre es für die Sache dienlich, wenn Sie uns dieses ebenfalls aushändigen würden. Es ist doch auch in Ihrem Interesse, wenn sich dadurch möglichst rasch Ihre Unschuld ermitteln ließe.«

»Guter Versuch«, knurrt Thomsen. »Aber nein.«
»Nein, Sie haben keins, oder nein, Sie wollen es uns nicht aushändigen?«
»Ich habe keins.«
»Haben Sie seit gestern Löschungen an Ihrem Diensttelefon vorgenommen?«
»Ja«, grummelt Thomsen. »Private Korrespondenz mit meiner Verlobten, die niemanden etwas angeht.«
Nielsen notiert sich das und wendet sich an Sophie. »Ich möchte, dass Sie diese gelöschten Korrespondenzen bei der Telefongesellschaft anfordern.«
Sophie kann nun deutlich sehen, wie Thomsens Blutdruck steigt. Sein Gesicht wird dunkelrot und seine Adern treten deutlich geschwollen hervor.
»Bin ich festgenommen?«, zischt er zwischen seinen Zähnen hervor.
»Aber nein«, erklärt Nielsen genauso so sachlich wie vorhin. »Kriminaldirektor Paulsen hält das nicht für nötig. Wir bitten Sie lediglich um Ihre Mithilfe, bis dieser Fall aufgeklärt ist. Erst dann wissen wir mehr, nicht wahr?«
Thomsen beugt sich wutschnaubend vor.
»Schieb dir deine Bitte dorthin, wo die Sonne nicht scheint.«
»Sie wollen uns also bei unseren Ermittlungen nicht unterstützen?«, fragt Nielsen mit der gleichen sachlichen Unbeteiligtheit wie zuvor.
»Das ist keine Sache von *wollen*. Ich weiß nichts darüber. Um ehrlich zu sein, habe ich nicht die geringste Ahnung, was hier läuft. Aber ich weiß, wem ich das zu verdanken habe«, setzt er mit einem verächtlichen Blick auf Sophie hinzu. Während sie nun spürt, wie es ihr eiskalt den Rücken hinunterläuft,

macht Nielsen unverdrossen weiter.

»Nun gut, dann eben nicht«, sagt er so unbekümmert, als ob Thomsen lediglich ein Stück Kuchen zum Kaffee abgelehnt hätte. »Dann konzentrieren wir uns eben auf den Sonnabend. Wo haben Sie sich zwischen einundzwanzig und zweiundzwanzig Uhr aufgehalten?«

»Zuhause. Vor dem Fernseher.«

»Kann das jemand bezeugen?«

»Nein.«

»Warum nicht? Ich dachte, Sie hätten eine Verlobte?«

»Ja, aber sie war nicht da.«

»Wo war sie denn?«

»Sie traf sich mit Freundinnen, das macht sie öfter, während ich Fußball gucke.«

»Wann kam sie zurück?«

»Gegen Mitternacht.«

»Und das alles wussten Sie vorab? Dass Ihre Verlobte sich am Sonnabend mit Freundinnen treffen und erst spät heimkommen würde?«

»Was soll das heißen?«, blafft Thomsen.

»Das soll heißen, dass Sie Zeit und Gelegenheit hatten, ein Treffen mit dem Opfer und der unbekannten schwarzhaarigen Dame zu organisieren und wahrzunehmen, ohne, dass Ihre Verlobte es mitbekam.«

Thomsen verengt seine Augen nun zu Schlitzen.

»Was werfen Sie mir vor?«

»Ist das nicht naheliegend? Immerhin haben wir eindeutige Beweise, dass Sie und die unbekannte Schwarzhaarige mit dem Opfer vor seinem Tod äußerst intim waren. Der Auffindeort dieser Haare ist doch eindeutig. Wer hat die Peitsche geschwungen, Sie oder Madame X?«

»Sehr witzig«, knurrt Thomsen.

»Was man so hört, lassen sich viele Männer in hohen Positionen gerne von gewissen Damen verwöhnen. Vielleicht waren Sie selbst ein williger Sklave an besagtem Abend?«

»Jetzt reicht's«, braust Thomsen neuerlich auf, mit einem Zorn, der Sophie erbeben lässt.

»Sie müssen nicht gleich so empfindlich reagieren«, erklärt Nielsen mit sanftem Tadel in der Stimme. »Schließlich prangert hier niemand Ihre sexuellen Vorlieben an. Wir sind lediglich bemüht, etwas Licht in die Angelegenheit zu bringen. Und dazu gehört, die Beziehungen der beteiligten Personen zu klären. Vorrangig gilt es herauszufinden, was genau sich zwischen Ihnen, der ominösen Schwarzhaarigen und dem Herrn Holstein kurz vor seinem Tod abgespielt hat.«

Thomsen verengt seine Augen zu Schlitzen.

»Vergessen Sie den Fuchs nicht. Die kleine Bestie war schließlich das Highlight des Abends.«

19

Auf dem Flur vor dem Vernehmungsraum lehnt sich Sophie einen Moment lang an die kühle Wand. Sie hat sich mit einem dringenden Bedürfnis entschuldigt, um einen Moment lang ihre aufgewühlten Gedanken zu sortieren und ihren revoltierenden Magen zu beruhigen. Die Vernehmungssituation ist alles andere als konstruktiv. Ihr verkaterter Ex-Chef ergeht sich in einer zynischen Anspielung nach der anderen, während Nielsen auf eine unglaublich überhebliche Art sachlich bleibt und sogar über Beleidigungen hinwegsieht. Es ist demütigend und Sophie versteht, dass Thomsens aggressiv-zynische Verhaltensweise seine Art ist damit klarzukommen, aber seine Verlobte, die als Nächste dran ist, wird diesem aalglatten Flensburger hilflos ausgeliefert sein. Als ihr dämmert, dass Nielsen Maike unter Druck setzen wird, ihr Handy *freiwillig* herauszurücken – selbstverständlich unter dem Vorwand, ihren geliebten Rüdiger zu entlasten – schrillen bei ihr sämtliche Alarmglocken.

Denn die gutherzige Maike würde sich nie wieder davon erholen, wenn ihr intimes Liebesgeflüster mit ihrem Bärchen in der Polizeiinspektion die Runde macht. Wie auch immer Thomsens Haare auf die

Leiche des Chorleiters kamen, es rechtfertigt in keiner Weise, seine Freundin dafür bezahlen zu lassen. Von einem Moment auf den anderen wird Sophie klar, dass sie sich etwas einfallen lassen muss.

»Da sind Sie ja.« Nielsen betritt den Gang und sieht sie vorwurfsvoll an. »Wenn Sie nicht dienstfähig sind, teilen Sie mir das bitte mit.«

»Nein, nein. Schon gut. Es geht wieder.«

»Dann holen Sie bitte Frau Schütze zur Vernehmung. Mit Hauptkommissar Thomsen sind wir für heute fertig. Seine Kooperation lässt leider zu wünschen übrig.«

»In Ordnung.«

Sophie nickt und wendet sich eilig Richtung Aufzug. Sollte sie Maike vor Nielsens Methoden warnen? Würde sie ihr überhaupt glauben? Wenn Thomsen denkt, sie hätte ihm das alles eingebrockt, dann ist seine Freundin vielleicht der gleichen Meinung.

Wie vermutet, findet sie Maike bei Svenja und Jasper in der Personalküche, wo sie wie ein Häufchen Elend auf einem der beiden wackligen Holzstühle sitzt. Sie sieht verheult aus.

»Moin Maike.« Sophie umarmt sie kurz und fest. »Hauptkommissar Nielsen möchte jetzt mit dir sprechen.«

»In dem Schwerverbrecher-Vernehmungsraum?«, fragt Svenja missbilligend.

»Ja, leider. Aber ich bleibe an deiner Seite, du hast nichts zu befürchten«, versucht sie die Aufgewühlte zu beruhigen.

»Okay.« Maike betupft ihr tränennasses Gesicht mit einem Taschentuch und steht auf, bereit, sich der unangenehmen Befragung zu stellen.

Auf dem Weg zum Fahrstuhl bleibt Sophie vor der Damentoilette stehen.

»Du kannst dich noch ein wenig frisch machen.«

»Du hast recht, bestimmt sehe ich schrecklich aus.«

»Halb so wild«, lügt Sophie.

»Ach du meine Güte!«, entfährt es Maike, als sie ihr Gesicht in dem Spiegel erblickt, der über dem Waschbecken hängt.

»Es ist bloß deine Wimperntusche etwas zerlaufen.« Sophie reicht ihr einen kleinen Kosmetikbeutel mit Abschminktüchern und Make-up Utensilien, den sie extra aus ihrem Büro mitgenommen hat. »Damit bist du im Handumdrehen wieder hübsch.«

»Danke«, schnieft Maike und streckt ihr mangels Ablagemöglichkeit ihre Handtasche entgegen. »Hältst du mir die bitte mal?«

»Sicher.«

Während Thomsens unglückliche Verlobte nun eifrig in ihrem Gesicht herumwischt, durchsucht Sophie die Handtasche und lässt klammheimlich das Mobiltelefon, das in einer goldglänzenden Hülle steckt, in ihrer Hosentasche verschwinden.

Nun hofft sie inständig, dass es nicht läutet, bis sie die Gelegenheit hat, es auszuschalten.

»Besser so?« Maike klimpert mit ihren frisch getuschten Wimpern.

»Weit besser.« Sophie drückt ihr die Handtasche wieder in die Hand. »Dann mal los. Und denk immer dran. Wenn du nichts sagen willst, sagst du nichts, okay?«

»Aber ich will meinen Schatz doch entlasten!«

»Das weiß ich doch.«

20

Hauptkommissar Wolf-Dieter Nielsen wartet bereits ungeduldig in dem ungemütlichen Vernehmungsraum.
»Das hat aber gedauert«, motzt er vorwurfsvoll in Sophies Richtung.
»Ja, leider.« Sie lässt ihren Blick über den Besprechungstisch schweifen und stellt zufrieden fest, dass ihr neuer Vorgesetzter nicht daran gedacht hat, die Wasserkaraffe aufzufüllen. Mit einem schnellen Griff schnappt sie sich selbige und verlässt damit den Raum. Während die gläserne Kanne im Toilettenvorraum mit Wasser vollläuft, schaltet sie Maikes Mobiltelefon aus. Nun ist es bloß noch ein harmloser kleiner Quader aus Glas und Metall. Erleichtert betritt sie neuerlich den Raum und stellt die volle Karaffe auf den Tisch.
»Können wir endlich beginnen?« Nielsen wirkt bereits angesäuert.
»Selbstverständlich.«
»Frau Schütze, Sie wissen, warum Sie heute hier sind?«
Maike nickt zaghaft.
»Sie müssen Ihre Antwort aussprechen, wir zeichnen

die Vernehmung auf.«
»Ja«, antwortet sie nun nach einem Räuspern.
»Wir wissen bereits, dass Sie am Samstagabend nicht zu Hause waren, sondern sich mit Freundinnen verabredet hatten.«
»Richtig. Wir haben uns bei Ella Hinrichs getroffen, das ist die Mutter von Kommissar Hinrichs, in ihrem Gastraum auf dem Campingplatz.«
»Auf dem Campingplatz? Bei diesem Wetter?«, entgegnet Nielsen ungläubig.
»Ja, sie hat dort ein kleines Lokal, einen feinen Gastraum, wo sie gelegentlich für ihre Gäste kocht und Getränke ausschenkt. Natürlich ist der Campingplatz im Januar so gut wie leer, aber für ihre Freunde kocht sie immer wieder mal. Und die Bowle ist legendär.«
»Stimmt«, pflichtet Sophie bei und Nielsen fährt irritiert zu ihr herum.
»Sie waren dabei?«
»Ja, ich war eingeladen und Kommissarin Tades auch.«
»Ach herrje.« Nielsen verzieht das Gesicht. »Kommissar Hinrichs ebenfalls?«
»Es war ein Mädelsabend«, erläutert Maike. »Da sind Männer nicht erlaubt. Aber er wohnt dort und hat in seinem Zimmer Fußball geguckt. So wie mein Bärchen, ich meine, so wie mein Verlobter zu Hause.«
»Verstehe, dann kommen wir wieder auf ihn zurück. Er wusste, dass Sie diesen Abend außer Haus verbringen würden?«
»Sicher.«
»Wie lange vorher wusste er davon?«
»Keine Ahnung. Was soll das überhaupt für eine Frage sein?«

»Nun, war das ein spontanes Treffen oder schon länger geplant?«
»Schon ein paar Tage im Voraus.«
»Und wann hat Ihr Verlobter davon Kenntnis erlangt, dass er einen freien Abend haben wird?«
»Das hab ich ihm natürlich sofort gesagt, als ich es wusste.«
»Aha.« Nielsen sieht sie nun auf eine Art und Weise an, die Maike ganz nervös macht.
»Was soll das heißen? *Aha*?«
»Liebe Frau Schütze, ich muss Ihnen leider sagen, die Situation ist ernst. Ihr Verlobter hatte nämlich Zeit und Gelegenheit, sich im Schlafzimmer von Herrn Holstein einzufinden.«
»Aber der ist doch an einem Herzinfarkt gestorben.«
»Das ist soweit korrekt, allerdings laufen unsere Ermittlungen auch in die Richtung, ob jemand die nötige Hilfeleistung unterlassen hat oder sogar wissentlich besagten Herzinfarkt herbeigeführt hat. Das wäre dann nämlich Mord.«
»Mord?« Maikes Hände beginnen zu zittern.
»Ja, Frau Schütze. Sehen Sie, jetzt verstehen Sie mich, wenn ich sage, die Situation ist sehr ernst. Es liegt nun an Ihnen, uns zu helfen, Ihren Verlobten zu entlasten.«
»Das möchte ich natürlich tun.« Sie sieht hilflos zu Sophie und ringt sich ein nervöses Lächeln ab.
»Dann überlassen Sie uns bitte freiwillig Ihr Handy, um Ihre private Korrespondenz auswerten zu können.«
»Wie bitte?« Maike starrt den Hauptkommissar aus Flensburg an, als ob er sie gebeten hätte, die Bundes-

hymne rückwärts vorzusingen.
»Natürlich interessieren wir uns nicht für Ihre privaten Unterhaltungen per se, aber es wäre wichtig, ausschließen zu können, dass Herr Thomsen Sie zum Fortgehen gedrängt hat.«
»Er hat mich natürlich nicht gedrängt«, verteidigt Maike ihren Liebsten sofort.
»Nun, umso besser, wenn wir ebenfalls zu diesem Schluss kommen. Das hilft auf jeden Fall, Ihren Verlobten schnellstmöglich von jedem Verdacht zu befreien.«
Was für ein Bullshit, denkt Sophie, die grimmig mitverfolgt, wie Nielsen mit seinem sachlich-nüchternen Tonfall und seinem höflichen Lächeln schlimmste Bauernfängerei betreibt.
»Meinen Sie wirklich, dass ich ihm damit helfe?«, erwidert Maike und sieht fragend zu Sophie hinüber.
»Was sagst du?«
Auch Nielsen fixiert sie nun mit seinen klaren eisblauen Augen. Ihr ist klar, dass er sie testet, und er wird sie beim geringsten Zweifel aufs Abstellgleis schieben und sich aus seinem eigenen Flensburger Team Verstärkung holen.
Sie lächelt Maike beruhigend zu.
»Ich bin sicher, du kannst Herrn Hauptkommissar Nielsen genauso vertrauen wie uns, schließlich wollen wir alle den Rüdiger so schnell wie möglich entlasten.«
Maike presst ihre Lippen zusammen und senkt den Kopf.
»Okay«, sagt sie schließlich und greift nach ihrer Handtasche. Doch schon bald weicht ihr sicherer Griff einem nervösen Wühlen.
»Das verstehe ich jetzt nicht«, murmelt sie.

»Was soll das heißen?« Nielsen, der sich bereits entspannt zurückgelehnt hat, beugt sich nun irritiert vor.
»Ich weiß auch nicht, ich kann mein Handy nicht finden.« Maike sieht ihn ratlos an.
»Wie, Sie können es nicht finden?«
»Ja, sag ich doch. Ich bin mir sicher, dass ich es eingesteckt hatte. Aber ich bin so durcheinander, die Aufregung, verstehen Sie?«
»In Ordnung. Ich lasse Sie im Anschluss an unser Gespräch von einer Streife heimbringen, dann können Sie es den Kollegen übergeben«, erklärt Nielsen und wechselt übergangslos das Thema. »Wie lange sind Sie und Hauptkommissar Thomsen denn schon ein Paar?«
»Ende Januar werden es acht Monate, dass wir fix zusammen sind«, berichtet Maike nun stolz.
»Haben Sie in dieser Zeit auch seine sexuellen Vorlieben kennengelernt?«, fragt Nielsen, ohne seine höflich sachliche Stimmlage zu verändern.
»Wie bitte?« Maike sieht neuerlich verschreckt zu Sophie hinüber. »Was soll das denn? Sie können doch unmöglich wollen, dass ich so intime Details . . .«
»Doch, leider«, unterbricht Nielsen mit Bestimmtheit. »In diesem speziellen Fall sind wir bedauerlicherweise sogar dazu verpflichtet, genau nachzufragen. Hat Ihr Verlobter eine Vorliebe für SM-Spiele, wie zum Beispiel auspeitschen?«
»Was?« Maikes Augen werden groß und rund.
»So viel ich weiß, nennt man das *spanken*«, korrigiert Sophie.
»Aha.« Nielsen wirft ihr einen überraschten Seitenblick zu. »Danke für den Hinweis, Frau Kollegin. Man lernt eben nie aus. Also, Frau Schütze, hat Ihr

Verlobter eine Vorliebe für *spanken*?«

»Sie meinen, dass er den Po voll bekommt?«

»Ja, richtig«, stimmt Nielsen ungerührt zu, »oder auch, dass es ihm gefällt, dieses *Spanken* Ihnen angedeihen zu lassen?«

»Mir? Sie meinen, dass er mir . . .?« Sie springt empört auf. »Na, so weit kommt's noch! Muss ich mir das wirklich anhören?« Wieder blickt sie Hilfe suchend zu Sophie.

Doch es ist der hagere Flensburger Kommissar, der antwortet.

»Frau Schütze, es gibt Gründe, die mich zwingen, diese Fragen zu stellen«, weist er sie streng zurecht.

»Trotzdem ist es eine Frechheit. Aber okay – dann nehmen Sie hiermit mein deutliches *Nein* zu Protokoll. Und setzen Sie noch drei Ausrufezeichen hinterher!«

Nielsen lehnt sich in seinen Stuhl zurück und verzieht das Gesicht. »Wir sind hier fürs Erste fertig. Ich lasse Sie nun heimbringen, dann können Sie uns Ihr Mobiltelefon aushändigen.«

»Aber mein Bärchen, ich meine, Hauptkommissar Thomsen, wartet auf dem Parkplatz auf mich . . .«

»Wir geben ihm selbstverständlich Bescheid«, unterbricht Nielsen und erhebt sich.

»Das übernehme ich«, erklärt Sophie mit Bestimmtheit und steht ebenfalls auf. Sie nickt Maike aufmunternd zu. »Es wird bestimmt alles wieder gut.«

21

Sophie erspäht den Landrover ihres in Ungnade gefallenen Chefs auf seinem üblichen Parkplatz. Der eisige Wind, der über die freie Fläche hinter der Polizeiinspektion fegt, peitscht ihr ihre dichten Locken gnadenlos ins Gesicht.
Wie vermutet, wartet Thomsen im Inneren seines Wagens auf seine Verlobte.
Sophie reißt die Beifahrertür auf und steigt ein.
Seine Augen verengen sich, als er sie erkennt.
»Was willst du hier?«
»Ich will was loswerden: Erstens – mit diesen Haaren ist keine Verwechslung passiert. Du musst anfangen darüber nachzudenken, wie dein Haar dort hingelangt sein könnte. Zweitens – die Ermittlungen, die Nielsen anstellt, laufen nicht auf deine Entlastung hinaus. Er sammelt Argumente gegen dich. Warum, weiß ich nicht. Vielleicht will er die Gunst der Stunde nützen, um sich hier zu etablieren. Und drittens – hier ist Theissens Nummer. Wenn du klug bist, benutzt du sie.«
Sophie drückt ihm eine abgerissene Papierecke mit einer darauf gekritzelten Telefonnummer in die Hand.

»Ist das dein Betthäschenanwalt aus Hamburg?«, fragt Thomsen giftig.

Sophie verzieht das Gesicht. »Du wärst besser dran, wenn du mir vertrauen würdest.«

»Ach ja? Du hast mir doch den ganzen Scheiß hier erst eingebrockt. Und jetzt soll ich dir vertrauen?«

»Ja, mir oder Nielsen. Du hast die Wahl.«

»Woher weiß ich, dass ihr nicht im selben Team spielt?«, blafft Thomsen argwöhnisch.

»Er hat die Maike dazu gebracht, ihm ihr Handy auszuhändigen.«

»Was? Wieso das denn?« Thomsen sieht nun richtig alarmiert aus. »Was hat denn die Maike mit diesem Fall zu tun?«

»Gar nichts, denke ich.«

»Warum will er dann ihr Handy?«

»Um Einsicht in eure private Korrespondenz zu erhalten.«

»Ach du Scheiße....«

Sophie sieht, wie ihr Chef hinter seiner zornigen Fassade blass wird. Sie senkt ihre Stimme.

»Meiner Meinung nach wird das für die Lösung des Falls nichts helfen, aber die gesamte Husumer Polizei kennt dann euer Sexgeflüster.«

Thomsen starrt sie an. Auf seiner Stirn haben sich tiefe Sorgenfalten gebildet.

»Woher weißt du...?«

»Mensch, Rüde. Mädelsabend, Bowle ... was denkst du, worüber wir reden? Strickmuster? Maike hat uns erzählt, wie ihr beide euch tagsüber in Fahrt bringt....«

Sophie wirft ihm einen eindeutigen Blick zu und erkennt, wie sein Widerstand zu bröckeln beginnt.

»Dass sie dir so was anvertraut....« Verstört

schüttelt er seinen mittlerweile hochroten Kopf.
»Trotzdem – das beweist nicht, dass ich dir trauen kann.«
»Aber das schon.« Sophie zieht das Mobiltelefon in der goldglänzenden Hülle aus ihrer Hosentasche und drückt es ihm in die Hand.
»Ist das . . .?«
»Ja. Maikes Handy. Es ist ausgeschaltet und das sollte es auch bleiben.«

22

»Seht mal, der Holstein war richtig beliebt!«
Svenja deutet auf die Bildergalerie von Magnus Holsteins Facebook-Seite. »Der Chor ist sehr präsent, hat viele Auftritte und wird von vielen Leuten geliked.«
»Stimmt.« Jasper beugt sich interessiert vor. »Die haben nicht nur viele Likes, sondern auch viele Kommentare unter jedem einzelnen Posting.«
»Und guck mal hier«, bemerkt Sophie und deutet auf ein Foto, auf dem Holstein links und rechts eine Frau im Arm hält und in die Kamera strahlt. »Wie diese Frauen ihm zulächeln! Das ist wahre Hingabe. Kannst du rausfinden, wie die beiden heißen und ob es noch andere gibt, die ihm so verfallen sind?«
»Klar.« Svenja klickt munter weiter. »Hier ist noch eine, die ihn augenscheinlich vergöttert. Und die hat sogar schwarze Haare. Schwarze lange Haare, um genau zu sein. Praktischerweise sind die Fotos alle mit den Profilen der Damen verlinkt. Ich check gleich mal die Adressen.«
»Perfekt.«
Sophie sieht aus dem Fenster. Die Dunkelheit ist längst hereingebrochen.

»Das klingt nach einem tollen Plan für morgen. Für heute reicht es mir.« Sie gähnt ausgiebig. »Ich hab echt schlecht geschlafen.«
»Geht mir genauso.« Auch Svenja packt ihre Sachen zusammen.

Hauptkommissar Nielsen betritt den Großraum und baut seine hagere Gestalt genau vor ihrem Schreibtisch auf.

»Schon Feierabend für heute?«

»Nun ja, äh . . . wir dachten . . .«, beginnt Svenja.

»Wir dachten, wir machen Schluss für heute und starten morgen früh gut ausgeruht in den Tag«, springt Sophie für ihre Kollegin ein.

»Sie dachten . . .«

Er lässt die Worte in der Luft hängen, während er sie nacheinander von oben bis unten mustert. »Dachten Sie auch daran, dass ich mit dem Dienststellenleiter und dem Kriminaldirektor soeben ein wichtiges Gespräch hatte und im Anschluss daran noch gerne Aufgaben an Sie überantworten möchte?«

»Die kann ich übernehmen«, meldet sich Jasper freiwillig. »Meine Freundin hat heute sowieso Nachtdienst.«

»Soll das heißen, Sie machen Ihre Dienstbereitschaft vom Terminplan Ihrer Freundin abhängig?« Nielsen taxiert ihn mit halb zugekniffenen Augen.

»Äh . . . natürlich nicht. Ich wollte bloß . . .«, stammelt Jasper, dem es eigentlich darum ging, sein unvorteilhaftes Erscheinungsbild mit Diensteifer wettmachen.

Nielsen winkt ab und überreicht ihm eine handgeschriebene Liste. »Wenigstens zeigen Sie überhaupt eine Art von Bereitschaft. Ich kann mich doch auf Sie verlassen?«

»Äh . . . klar doch.«

»Dann erwarte ich Ihre Ergebnisse morgen früh.« Der Hauptkommissar taxiert alle Anwesenden noch einmal mit einem ernsten Blick und zieht sich anschließend in sein Zimmer zurück.

Kaum ist die Tür hinter ihm ins Schloss gefallen, starren Sophie, Svenja und Jasper einander an.

»Und denken Sie bitte ständig daran, dass ich mit dem Dienststellenleiter und dem Kriminaldirektor ein wichtiges Gespräch hatte«, äfft Svenja ihren neuen Vorgesetzten nach. »Oder machen Sie das auch vom Terminplan Ihrer Freundin abhängig?« Sie kichert und steckt damit die anderen an.

Doch als sie die handschriftliche Notiz, die auf Jaspers Schreibtisch abgelegt wurde, näher in Augenschein nehmen, vergeht ihnen das Lachen.

Durchsuchungsbeschluss für Hauptkommissar Thomsens Wohnsitz

Beschluss für Einsicht in seine Bankkonten

Abfrage seiner Handydaten bei der Telefongesellschaft

Unterstützung von Maike Schütze beim Auffinden ihres Handys, bzw. Abfrage ihrer Handydaten bei der Telefongesellschaft

»Wow«, meint Sophie völlig geplättet. »Der fährt aber schwere Geschütze auf.«

Jasper kratzt sich unglücklich am Hinterkopf. »Oh Mann. Ich hab noch nie so ungern gearbeitet.«

»Nicht nur du«, stöhnt Svenja. »Was heißt überhaupt

Unterstützung von Maike Schütze beim Auffinden ihres Handys? Hat sie es verlegt? Und wir sollen es suchen?«

Sophie zuckt die Schultern und wechselt das Thema.

»Das Schlimmste ist, dass unser neuer Vorgesetzter die Ermittlungen völlig einseitig angelegt hat. Alles zielt auf Thomsen ab.«

»Das ist krass unfair«, motzt Svenja.

»Aber echt. Der wird uns noch kennenlernen«, ärgert sich auch Jasper. »Jetzt lass ich mir extra viel Zeit.«

Sophie sieht ihn überrascht an. Das ist das erste Mal, seit sie ihn kennt, dass sie ihn so wütend erlebt.

Auf dem Parkplatz verabschiedet sie sich von Svenja, die mit einer heftigen Umarmung reagiert.

»Ich fahr jetzt zur Maike«, flüstert sie Sophie ins Ohr. »Die braucht heute sicher Trost.«

23

Svenjas Worte hallen noch in Sophies Kopf nach, als sie zu Hause eintrifft und den bereits sehnsüchtig wartenden Kater hochnimmt. Ja, ein wenig Trost könnte sie auch brauchen. Wenn schon keine starke männliche Schulter in Sicht ist, um diese Aufgabe zu erfüllen, so bleibt ihr immer noch ein Glas Rotwein und ein heißes Bad.

Und natürlich Alex, ergänzt sie in Gedanken, als ihr Handyklingelton einen Anruf ankündigt.

Nur Otellos Fütterung hat Vorrang vor dem therapeutischen Gespräch mit der besten Freundin. Während sie sein Futter in den Napf kippt, nimmt sie das Gespräch an.

»Du bist mein Fels in der Brandung«, seufzt sie ins Telefon.

»Das ist schön zu hören«, antwortet eine Stimme mit amüsiertem Unterton, die überhaupt nicht nach Alex klingt.

»Ralf?«

»Hast du jemand anderen erwartet?« Sein schallendes Gelächter dringt an ihr Ohr.

»Helles Köpfchen. Was willst du?«, fragt sie ein

wenig peinlich berührt.

»Du fragst mich, was ich will? Ich bekam soeben einen Anruf von deinem Chef, diesem Hauptkommissar Thomsen, mit der Aufforderung, einem gewissen Herrn Nilsson kräftig in den Arsch zu treten. Mehr war aus ihm nicht rauszubekommen. Ein Schnellcheck im Internet hat ergeben, dass Herr Nilsson Pippi Langstrumpfs Affe ist, was die Frage aufwirft, ob dein lieber Chef ordentlich einen über den Durst getrunken hat.«

Sophie lacht. »Alles klar. Nun, falls dem so ist, kann man es ihm nicht verübeln. Ich erklär dir mal, was hier bei uns los ist.«

»Ui«, meint Ralf Theissen, nachdem Sophie mit ihrer Schilderung zum Ende gekommen ist. »Das ist im wahrsten Sinne des Wortes eine *haar*sträubende Geschichte.«

»Witzig«, ätzt Sophie, muss aber dann doch lachen. »Also machst du es?«

»Logisch. Eine derartig abstruse Story kann ich mir nicht entgehen lassen – sieh bloß zu, dass du die aufklärst. Denn bevor ich nicht weiß, welche Rolle der Fuchs in diesem Drama spielt, bekomme ich sicher kein Auge mehr zu.«

Theissen lacht immer noch schallend, als Sophie das Gespräch beendet.

Mit jedem Wissen wächst der Zweifel

Johann Wolfgang von Goethe

Donnerstag

24

Ohne dass sie sich dazu extra verabredet haben, finden sich Sophie, Svenja und Jasper bereits vor sieben Uhr morgens im Großraum der Kripo Husum ein. Genau genommen halten sie ihre eigene kleine Morgenbesprechung in der Personalküche neben der brodelnden und zischenden Kaffeemaschine ab.

»Ist euch auch aufgefallen, dass dieses Ding von Mal zu Mal lauter wird?«, fragt Jasper, während er ungeduldig seinen leeren Pott hin und her dreht.

»Ist doch egal«, kontert Svenja. »Ich war gestern noch bei Maike. Ich kann euch sagen, das war eine Tragödie!«

»Weil der Rüde seinen Frust im Alkohol ertränkt hat?«, rät Sophie.

»Woher weißt du . . .? Egal, jedenfalls war er nur am Fluchen über den *Herrn Nilsson*, wie er ihn nennt, während die Maike völlig panisch war. Die Sache mit ihrem Handy macht sie völlig kirre.«

»Hat sie es denn gefunden?«, fragt Jasper.

»Eben nicht. Sie kann sich nicht erklären, wo es abgeblieben ist. Das kommt ihr alles wie eine Verschwörung vor. Ich muss ehrlich sagen, die beiden

sind aktuell keine Hilfe bei der Lösung des Falls.«
Sophie denkt sich ihren Teil und beschließt, besser das Thema zu wechseln.
»Gut, dass ich ihnen den Theissen vermittelt habe.«
»Wirklich wahr? Den Rechtsanwalt Ralf Theissen?«, freut sich Svenja. »Das rettet mir den Tag. Der Typ ist nämlich nicht nur schlagfertig, sondern auch eine Augenweide.«
Mit schnellem Griff schnappt sie sich die Kaffeekanne und gießt ihre Tasse voll.
»Hey, der Kaffee ist noch nicht vollständig durchgelaufen«, protestiert Jasper.
»Mir egal, ich brauche ihn jetzt.« Sie wirft einen Blick durchs Fenster und deutet auf den Parkplatz hinunter. »Der *Herr Nilsson* hat sich nämlich gerade eingeparkt.«

Mit einem etwas steifen *Moin* eröffnet Wolf-Dieter Nielsen die morgendliche Besprechung und nimmt ohne weiteren Small Talk Jasper ins Visier.
»Kommissar Hinrichs, berichten Sie uns über die Erledigung der Arbeitsaufträge, die Sie übernommen haben.«
»Ja, äh . . . ich habe die Anträge, die Sie wünschten, gleich heute Morgen eingebracht.«
»Warum nicht gestern Abend? Der Journaldienst hätte uns mittlerweile die Beschlüsse schon ausstellen können.«
»Ich habe es natürlich versucht, es gab allerdings . . . äh . . . Probleme mit dem E-Mail Server, die erst heute Morgen behoben wurden.«
»Nun, das ist bedauerlich. Hatten Sie in der Zwischenzeit mit dem Handy von Frau Schütze Erfolg?«

»Leider auch nicht. Ich konnte weder die Frau Schütze noch ihr Handy ausfindig machen.«
»Was soll das heißen?«
»Ich fuhr nach Dienstschluss noch zu ihrer Wohnadresse, um nach dem Handy zu fragen. Doch dort machte mir niemand auf. Also habe ich versucht, sie auf ihrem Handy anzurufen, für den Fall, dass sie es vielleicht wieder gefunden hat. War aber Fehlanzeige.«
»Auch das ist sehr bedauerlich.«
Nielsen sieht ihn missbilligend an. »Ich erwarte, dass Sie sich ranhalten. Gehen wir nun zusammen durch, was wir bis jetzt als gesichert ansehen können. Beginnen wir mit den Haaren, die im Intimbereich des Opfers gefunden wurden . . .«

25

Je länger das Meeting mit dem hageren Flensburger Kommissar andauert, desto bedrückender fühlt es sich für Sophie an. Dieser Nielsen scheint eine Art Tunnelblick entwickelt zu haben, der ausschließlich auf Thomsen gerichtet ist. Sämtliche seiner Äußerungen beziehen sich darauf, seinen Vorgänger in die Mangel zu nehmen. Dementsprechend lässt er Jasper immer wieder aufs Neue seinen Unmut spüren, weil die Beschlüsse für die Hausdurchsuchung sowie die Offenlegung der Konten noch ausständig sind.

»Das ist doch nicht meine Schuld«, wehrt sich Jasper verzweifelt gegen die ständig wiederkehrenden Vorwürfe.

»Sparen Sie sich die Ausflüchte, setzen Sie lieber telefonisch nach, dass wir das schnell geregelt bekommen«, verlangt Nielsen und wendet sich anschließend an Sophie.

»Sie werden mich heute bei neuerlichen Befragungen des Verdächtigen und seiner Verlobten unterstützen, und Sie«, sein Blick fällt nun auf Svenja, »werden das gesamte Umfeld der beiden aufbereiten. Familie, Freunde, Arbeitskollegen, er cetera, et cetera.«

»Aber . . .« Svenja schnappt nach Luft. »Heißt das, Sie wollen alle nahestehenden Personen des Hauptkommissars einer Vernehmung unterziehen?«

»Selbstverständlich. Wie wollen Sie sonst die schwarzhaarige Frau ausfindig machen, deren Haare ebenfalls an der Leiche gefunden wurden?«

Nielsen lehnt sich mit verschränkten Armen zurück und bedenkt sie mit einem abschätzigen Blick.

Svenja zieht die Schultern hoch und den Kopf ein. Wie eine verängstigte Schildkröte, denkt Sophie, die spürt, dass der Ärger über diese Art der Ermittlung langsam in ihr hochkocht.

»Über das Opfer«, sagt sie nun in die angespannte Stille.

»Wie bitte?« Nielsens Kopf fährt herum.

»Wir können die unbekannte Schwarzhaarige auch über das Opfer ermitteln«, erklärt Sophie sachlich und strafft ihre Schultern. »Das wäre der richtige Weg.«

»Wollen Sie mir offen widersprechen?«, zieht er ihren Einwand sofort auf die persönliche Ebene.

Doch Sophie ist klug genug, nicht darauf einzugehen. Stattdessen versucht sie ihren neuen Chef bei dessen eigenen Interessen zu packen.

»Ich verstehe, dass Sie sich einen schnellen Erfolg wünschen, das tun wir alle. Ich möchte nur verhindern, dass wir uns zu früh auf jemanden einschießen, noch dazu auf jemanden, den wir sehr schätzen. Im Übrigen wird Thomsen sich früher oder später einen Anwalt nehmen, und für den wären einseitige Ermittlungen ein gefundenes Fressen. Außerdem«, setzt sie nun listig hinzu, »schätze ich die Chance, diese Schwarzhaarige zu finden, deutlich höher ein, wenn wir sie über das Umfeld des Opfers ermitteln.«

»Hmm«, Nielsen verengt neuerlich seine Augen. Minuten vergehen, ohne dass jemand das Schweigen bricht.

»In Ordnung, Frau Kollegin Meerkatz. Ich möchte, dass Sie sich das Umfeld des Opfers vornehmen. Finden Sie alle Verbindungen, die zum Verdächtigen bestehen und liefern Sie mir diese Schwarzhaarige. Fragen Sie auch die Nachbarn. Kollegin Tades, Sie unterstützen. Und ich möchte zeitnah über jeden Fortschritt informiert werden. Haben wir uns verstanden?« Nielsen erhebt sich, um für alle unmissverständlich klarzustellen, dass die Besprechung für ihn beendet ist.

»Ja.« Sophie nickt ernsthaft, bleibt aber sitzen. Nachdem sie erreicht hat, was ihr am wichtigsten war, nämlich ein Stück weit eigenständig arbeiten zu können, ist sie bereit, mit der nächsten Frage für böses Blut zu sorgen. »Ich möchte noch das strukturelle Problem ansprechen.«

»Was für ein strukturelles Problem?« Nielsen setzt sich wieder.

»Ermitteln wir nun in einem Mordfall oder bloß wegen unterlassener Hilfeleistung?«

»Frau Kollegin, jetzt enttäuschen Sie mich aber. Wir ermitteln immer wegen Mordverdacht, denn erst durch unsere Ermittlungen können wir letztlich beweisen, um was es sich tatsächlich handelt. Mord, Selbstmord, Unfall oder natürlicher Tod.« Er lässt seinen vorwurfsvollen Blick nun auch über Jasper und Svenja gleiten. »Noch jemand Fragen?«

26

»Oh Mann«, stöhnt Jasper, nachdem sie alle wie geprügelte Hunde mit eingezogenen Schwänzen das Chefbüro verlassen haben. »Ich beneide euch, ihr könnt jetzt rausgehen und unabhängig ermitteln, während ich dazu genötigt werde, dem Rüden ans Bein zu pinkeln.« Svenja verzieht mitfühlend das Gesicht. »Dann mach es so, wie jedes Mal, wenn du bei mir zu Hause zu Besuch bist. Triff daneben.«

»Hey«, begehrt Jasper auf, »das ist jetzt nicht fair, bloß weil ich einmal . . .«

»Stopp.« Sophie wedelt resolut mit den Händen. »Dieses Thema vertiefen wir jetzt nicht. Sei einfach weiterhin kreativ – am besten, ohne dir weitere Verletzungen einzuhandeln – und unterstütze uns, so gut du kannst, vom Büro aus.«

»Als ob ich da helfen könnte . . .«

»Doch, könntest du. Ich habe über Holsteins Herzkrankheit nachgedacht, und über die Medikamente, die er nehmen musste. Die SpuSi hat die doch sichergestellt?«

»Davon gehe ich aus«, bestätigt Jasper, kratzt sich aber dann doch ein wenig unsicher am Hinterkopf.

»Dann check das und auch, ob sie überprüft wurden«, verlangt Sophie. »Ich will wissen, ob das die richtigen Medikamente sind, oder vielleicht Placebos.«
»Oha.« Jasper reißt die Augen auf. »Du denkst, jemand könnte auf lange Sicht seinen Tod geplant haben?«
»Nur so 'ne Idee . . . lässt sich ja recht leicht nachprüfen.«
»Stimmt, das krieg ich hin.«
»Gut.« Sophie klopft ihm aufmunternd auf die Schulter und wendet sich ihrer Kollegin zu. »Und wir nehmen uns die Chorsängerinnen vor, die ihn bei allen Gelegenheiten angehimmelt haben. Waren da nicht auch zwei Schwarzhaarige dabei?«
»Eine«, konkretisiert Svenja.
»Nun, eine ist besser als keine.«

27

Sophie entschied, mit Marieke Dönnerschlach zu beginnen. Sie ist nicht nur die einzige Schwarzhaarige unter Holsteins eifrigsten Anhängerinnen, sondern betreibt auch einen Fußpflegesalon unweit des Hafens. Sie treffen die knapp Fünfzigjährige allein in ihren Geschäftsräumen an, wo sie von ihr mit einem traurigen Lächeln begrüßt werden.

»Sie haben Glück, ich kann Sie einschieben, die Kundin, die eigentlich gerade dran sein sollte, hat mir kurzfristig abgesagt.«

Sophie fällt auf, dass die Augen der Frau verweint aussehen. Auch jetzt sammelt sich wieder eine Träne, die sie mit dem Handrücken zur Seite wischt.

»Sie müssen entschuldigen. Ich bin in Trauer. Ein ganz lieber Freund von mir, der Herr Chorleiter Holstein, ist leider verstorben«, schnieft sie traurig

»Ich weiß«, sagt Sophie und zückt ihren Ausweis. »Kripo Husum. Deshalb sind wir hier.«

»Dann ist es also wahr?«

»Was denn?«

»Dass er ermordet wurde. Ich dachte, das wäre bloß ein gemeines Gerücht. Die Imke hat uns erzählt, er ist

an Herzversagen gestorben.«
»Nun, das ist tatsächlich noch nicht ganz klar. Deshalb bemühen wir uns herauszufinden, wie es zu seinem Tod gekommen ist. Hatte er vielleicht Feinde?«
»Der Magnus? Ganz sicher nicht. Er war der beste Chorleiter, den man sich vorstellen kann. Er hat für unseren Chor gelebt. Wenn er nicht mit uns geprobt hat, dann hat er Auftritte organisiert und sich um die Presse gekümmert.«
Sie steht auf und zieht einen schweren Ordner aus einem Regal. »Da, gucken Sie mal, wie viele Artikel aus den Lokalnachrichten es über uns gibt. Und auf Facebook sind wir auch total bekannt. Das verdanken wir alles dem Magnus.«
»Niemand, der im Rampenlicht steht, hat nur Freunde. Irgendwer ist immer neidisch«, wirft Svenja ein.
»Nein, ganz bestimmt nicht. Außer vielleicht seine Ex-Frau. Aber mit der hat er schon seit langem nichts mehr zu tun. Im Chor jedenfalls war er bei allen beliebt.«
»Standen Sie sich privat auch nahe?«
»Natürlich. Ich habe jede Woche etwas für ihn gebacken ...«
»So hat meine Kollegin das nicht gemeint«, mischt sich nun Svenja ein. »Wir wollen wissen, ob Sie eine sexuelle Beziehung mit dem Herrn Holstein hatten?«
Die Trauer in Frau Dönnerschlachs Gesicht weicht nun einer Empörung. »Also ich muss mir hier nichts unterstellen lassen.«
»Wir müssen nur wissen, wer ihm besonders nahe stand«, formuliert Sophie die Frage ein wenig einfühlsamer.

»Natürlich stand ich ihm nahe, aber nicht auf diese Art. Ich bin schließlich verheiratet.«
»Dann verraten Sie uns, mit wem der Herr Holstein *auf diese Art* befreundet war.«
»Da fällt mir auf die Schnelle keine ein. Nun, vielleicht die Hilla, die wäre sicher dafür zu haben.«
»Welche Haarfarbe hat denn die Hilla?«, will Svenja wissen.
»Blond. Soll man denken. Ist natürlich gefärbt.«
»Fällt Ihnen keine ein, die so schöne schwarze Haare hat wie Sie?«, versucht es Sophie mit einem Kompliment.
»Nee, da fällt mir jetzt niemand ein. Wozu wollen Sie das überhaupt wissen? Hey, was machen Sie denn da?«, herrscht die Fußpflegerin Svenja an, als diese mit einem Taschentuch Wollmäuse am Boden zusammenfängt.
»Sie verlieren Haare?«, fragt Svenja zurück.
»Ja, leider. Aber warum sammeln Sie die auf?«
»Weil sie schwarz sind. Genau solche haben wir nämlich im Intimbereich der Leiche gefunden«, erwidert Svenja ungewöhnlich empathielos.
»Was? Aber das ist doch . . . sind Sie verrückt? Das könnten auch Haare von meinen Kundinnen sein.«
»Nun, auch das würde uns helfen. Welche Kundinnen waren denn da, seit Sie das letzte Mal den Boden hier gewischt haben?«, steigt Sophie nun in das Thema mit ein.
»Da müsste ich nachsehen.«
»Tun Sie das. Am besten, Sie drucken mir gleich die ganze Liste aus.«
»Sie meinen das ernst?«
»Bei Mordfällen scherzen wir nicht.« Sophie hält

ihren strengen Blick aufrecht, bis Frau Dönnerschlach der Aufforderung nachkommt und die Termine der letzten zwei Tage ausdruckt.

Svenja sieht die Kundenliste gleich an Ort und Stelle durch. Sie enthält siebzehn Namen. Die Männer streicht sie weg, bleiben neun.

»Welche von denen haben schwarze Haare?«

»Bloß die alte Bockstein«, erwidert Marieke Dönnerschlach. »Aber die hat die Haare bloß kinnlang.«

»Das reicht nicht«, meint Sophie.

»Womit bloß Sie übrig bleiben«, resümiert Svenja. »In dem Fall würden wir auch gerne eine Probe frisch von Ihrem Kopf nehmen.«

28

»So kenn ich dich gar nicht«, bemerkt Sophie, nachdem sie im Dienstwagen hinter dem Steuer Platz genommen hat. »Normalerweise gehst du mit den Leuten viel behutsamer um.«
»Mag sein«, gibt Svenja widerwillig zu. »In mir brodelt ein Ärger, das kannst du dir gar nicht vorstellen. Mir kommt echt die Galle hoch, wenn ich nur dran denke, wie dieser *Herr Nilsson* den Rüden und die Maike eintunken will.«
»Du musst versuchen, das auszublenden. Am meisten helfen wir den beiden, wenn wir den Fall schnellstmöglich aufklären. Und dafür müssen wir beide in Topform sein.«
»Du hast recht. Ich reiß mich zusammen. Wer ist die Nächste auf unserer Liste? Paulina Hebbels oder Hilla Bürch?«
»Weder noch. Die vergöttern ihn vermutlich genauso wie die Dönnerschlach. Ich bin dafür, dass wir die angepisste Ex-Frau vorziehen – noch dazu, wo sie ebenfalls schwarzhaarig ist.«
»Das ist eine gute Idee.« Svenja reibt sich ihre frierenden Hände warm und betrachtet den durch-

sichtigen Plastikbeutel auf ihrem Schoß. »Vorher liefern wir der KTU aber noch unsere Beute.«

* * *

Berit Holstein, seit vier Jahren von Magnus Holstein geschieden, ist in einer Apotheke südlich des Hafens angestellt.
»Das ist hier gleich um die Ecke«, erklärt Svenja, und lotst ihre Kollegin souverän hin.
»Hoffentlich ist sie im Dienst«, meint Sophie, während sie sich in Gedanken bereits ihre Fragen zurechtlegt.
Das Glück scheint ihnen hold zu sein, denn als sie die Apotheke betreten, ist eine gepflegte Mittvierzigerin mit hochgestecktem schwarzen Haar eben dabei, einen alten Mann mit Gehhilfe zu bedienen.
Sie warten ruhig ab, bis er versorgt ist und Svenja hält ihm die Tür auf, um ihm das Hinausgehen zu erleichtern.
»Frau Berit Holstein?«, fragt Sophie.
»Ja.« Die Angestellte runzelt die Augenbrauen.
»Oberkommissarin Meerkatz und Kommissarin Tades von der Kripo Husum.«
»Ah.« Sie reicht Sophie die Hand. »Hab mich schon gefragt, wann Sie kommen.«
»Also wissen Sie es schon?«
»Ich lebe nicht auf dem Mond. Auf Facebook ist schon ein Nachruf. Und vor zehn Minuten schrieb der

Husumer Online-Anzeiger, dass sogar die Polizei involviert ist.«
»Wie bei jedem fragwürdigen Todesfall«, erklärt Sophie milde.
»Nee, so ist das nicht gemeint.« Berit Holstein kramt nun ihr Mobiltelefon aus der Tasche und zeigt den Ermittlerinnen den Artikel mit der Schlagzeile: *Knalleffekt im Mordfall Holstein! Hauptkommissar Thomsen selbst unter Verdacht?*
»Das habe ich eben gelesen, als der alte Bertil zur Tür reinkam«, erklärt sie ihren Besucherinnen, denen der Schreck ins Gesicht geschrieben steht.
»Oh Mann«, entfährt es Svenja, während sich Sophie mit gerunzelten Brauen auf die Lippen beißt.
»Laut einer gut informierten Quelle deuten unwiderlegbare Beweise auf eine mögliche Beteiligung des Hauptkommissars an dem Verbrechen hin. Er war leider für eine Stellungnahme nicht erreichbar«, liest Frau Holstein ungerührt vor.
»Ja, äh danke, wir kennen den Artikel«, flunkert Sophie mit trockenem Mund. »Nicht immer steht in solchen Medien die Wahrheit.«
»Haha, das ist gut«, lacht Berit Holstein unbeschwert. »Ich hätte gesagt, so gut wie nie schreibt dieses Schmierblatt die Wahrheit. Aber selbst wenn . . . ich meine, wenn dieser Thomsen meinen Ex-Mann eigenhändig erwürgt hätte, würde ich ihm persönlich dafür einen Orden verleihen.«
Eindeutige Worte für jemanden mit langen schwarzen Haaren, denkt Sophie. Laut fragt sie: »So sehr haben Sie ihn gehasst?«
»Ja. Das ist richtig. Er hat endlich bekommen, was er verdient hat. Das ist meine Meinung. Die wird sich

nicht ändern und sie ist auch nicht strafbar.«
»Nee, das nicht. Aber wenn Sie bei dem von Ihnen gewünschten Ergebnis mitgeholfen hätten, dann . . .«
»Da kann ich Sie beruhigen, ich war nicht beteiligt«, unterbricht Frau Holstein sofort.
»Dann ist es okay für Sie, wenn Sie uns eine Haarprobe von Ihnen geben?«
»Wozu?«
»Wir haben ein langes schwarzes Haar an der Leiche gefunden, und wenn wir Sie als Verdächtige ausschließen könnten, würde uns das einen Schritt weiterbringen.«
»Und dem Täter einen Schritt näher?«
»Möglicherweise.«
»Dann nicht.«
»Wie bitte?« Sophie denkt, sich verhört zu haben.
»Ich sagte, dann nicht.«
»Aus Sympathie für den Täter?«, hakt Svenja nach, während sie sich umsieht. Hinter der langen Ladentheke steht an der Rückwand des Raumes ein Garderobenständer, auf dem eine weiße Jacke hängt. Sie hätte gute Lust, diese einfach nach haftenden Haaren abzusuchen.
»Dazu sage ich nichts«, erklärt Berit Holstein.
Sophie seufzt.
»Sie wollen also unsere Ermittlungen sabotieren?«
»Sabotieren ist ein hartes Wort. Ich mache lediglich von meinen Grundrechten Gebrauch. Eines davon ist meine körperliche Unversehrtheit. Ich muss mir also ohne Gerichtsbeschluss kein Haar ausreißen lassen.«
»Das ist richtig«, stimmt Sophie zu. »Aber Sie sagen ja selbst, dass Sie es nicht waren, und jemand anderes, der es auch nicht war, ist unschuldig in Verdacht ge-

raten. Deshalb ist es sehr wichtig, dass Sie uns bei den Ermittlungen helfen.«

Frau Holstein verschränkt nun die Arme vor der Brust. »Sie haben Ihre Sichtweise und ich meine. Außerdem habe ich ein Alibi.«

»Wie das? Ich meine, woher wissen Sie denn, wann genau Ihr Ex-Mann zu Tode gekommen ist?«

»Das ist ganz egal. Seit einer Woche bin ich bloß hier oder zu Hause, um meinen Lebenspartner zu pflegen. Er hat eine schlimme Erkältung und benimmt sich, als ob er drei wäre.«

»Wir werden das überprüfen«, seufzt Sophie.

»Klar, machen Sie das. Kleine Warnung am Rande: Er wird es Ihnen nicht leicht machen, er ist nämlich Anwalt.«

Sophie spürt, dass sie mit ihren Fragen bei der Frau nun keinen Millimeter mehr weiterkommt.

»Sagen Sie uns wenigstens, warum Sie Ihren Ex-Mann so sehr hassen?«

»Bringt Sie das in Ihren Ermittlungen voran?«

»Wir hoffen es.«

»Dann nein.« Sie macht eine Bewegung, als ob sie mit einem Schlüssel ihre Lippen versperren würde.

»Frau Holstein, Sie sind als Zeugin verpflichtet, auszusagen«, schimpft Sophie nun empört.

Doch Berit Holstein zuckt bloß lapidar mit den Schultern.

»Nun, dann schicken Sie mir 'ne formelle Vorladung und ich bespreche die dann mit meinem Lebenspartner, der gleichzeitig auch mein Anwalt ist.«

Auf dem Weg zurück zum Dienstwagen lässt Svenja ihrer Empörung freien Lauf.

»Wie kann man bloß so unkooperativ sein, wenn ein Unschuldiger schwer belastet wird . . .?«

»Apropos Unschuldiger«, unterbricht Sophie, »wir sollten dringend den Rüden verständigen, dass seine *Involvierung* an die Medien durchgesickert ist.«

»Das mach ich«, seufzt Svenja. »Wer ist die Nächste auf unserer Liste?«

»Nachdem wir mit den Schwarzhaarigen auf unserer Liste durch sind, befragen wir die Nachbarn«, bestimmt Sophie. »Vielleicht kennt ja jemand von denen eine Schwarzhaarige, die bei den Holsteins zu Besuch war?«

»Hoffentlich – falls die Nachbarn diesmal zu Hause sind. Das letzte Mal haben wir bloß die alte Frau Drerichs angetroffen.«

29

Doch auch dieses Mal blieb ein nennenswerter Erfolg aus. Sie hatten wohl zwei weitere Nachbarn angetroffen, jedoch nichts von Interesse erfahren. Zurück in den Büroräumlichkeiten der Kripo finden sie Jasper vor, der wie ein Bild des Jammers hinter seinem Schreibtisch sitzt.

»Du siehst aus wie ein lebender Leichnam«, ätzt Svenja und strubbelt ihm durchs Haar.

»So fühl ich mich auch . . .« Er stützt sein geschundenes Gesicht auf einem Arm auf und lässt die Mundwinkel hängen.

»Hey«, boxt ihn Svenja aufmunternd in die Seite. »Komm mal wieder ein wenig in die Gänge. Schließlich bist du nicht derjenige, der von dem Fall freigestellt wurde.«

»Das ist es ja. Ich sitze hier, aber, anstatt dass ich den Fall aufklären darf, muss ich dem Nielsen liefern, was er braucht, um den Rüden noch mehr unter Druck zu setzen.«

»Hat er ihn denn heute neuerlich vernommen?«

»Nee, ach ja, das hab ich noch gar nicht erzählt. Er hat jetzt einen Anwalt, deswegen ist der Nielsen mega

angepisst.«
»Ach ja, richtig«, freut sich Svenja. »Den Theissen?«
»Moment . . .« Jasper raschelt in seinen Unterlagen. »Ja, genau, Ralf Theissen, Rechtsanwalt aus Hamburg. Kennst du den?«
»Sicher. Und du auch. Das ist Sophies ehemaliger *Klassenkamerad*.« Svenja zwinkert ihm zu und endlich fällt der Groschen.
»Ach der. Stimmt. Jedenfalls macht er dem Nielsen richtig Feuer unterm Arsch. Wir kriegen überhaupt keine Beschlüsse, weder fürs Haus noch für die Bankunterlagen und auch nicht für Maikes Handy, welches sie offenbar verloren hat.«
»Aber das sind doch alles gute Nachrichten«, freut sich Sophie.
»Aber schlechte gibt's eben auch«, beharrt Jasper. »Ich musste die Anfrage für die Auswertung von Thomsens Diensthandy an die Telefongesellschaft schicken und da kommt sicher bald eine Antwort und dann werde ich gezwungen sein, tief in das Privatleben meines Chefs einzudringen. Ich meine, das gehört sich doch nicht.«

Jasper nimmt nun auch seinen zweiten Arm zur Hilfe, um seinen schweren Kopf abzustützen.

»Wo ist er denn jetzt? Der *Herr Nilsson*?«, fragt Svenja und beginnt die Titelmelodie von Pipi Langstrumpf zu summen.

»Wurde vor zehn Minuten zum Petersen hinauf gerufen. Völlig plötzlich und völlig hektisch. Keine Ahnung, was da wieder losgebrochen ist.« Jasper verzieht leidend das Gesicht.

»Vielleicht das«, meint Svenja und hält ihm den Online-Zeitungsartikel mit der desaströsen Schlagzeile unter die Nase, den sie auf der Rückfahrt auf ihr Handy geladen hatte. »Es ist irgendwie durchgesickert.«

»Oh Mann . . .« Jasper lässt nun seinen Kopf mit der Stirn voran auf den Tisch plumpsen.

»Okay, es reicht«, schnauzt Sophie ihn an. »Wir müssen hier etwas leisten, nicht im Selbstmitleid versinken. Wir dürfen die zentralen Fragen nicht aus den Augen verlieren.«

»Und die wären?«, gibt Jasper gekränkt zurück.

»Wer hat Magnus Holstein – außer seiner Ex-Frau – noch gehasst und wem gehört das lange schwarze Haar?«

Sophie wartet, bis ihre Kollegen zustimmend nicken und fährt dann fort.

»Jasper, du hängst dich ans Telefon und versuchst einen Beschluss für die Haarprobe von Holsteins Ex-Frau zu bekommen. Anschließend rufst du alle Chor- und Gemeindemitglieder durch. Ich glaube nicht, dass die Ex-Frau ein Einzelfall ist. Bestimmt gibt es noch andere, die nicht so übermäßig begeistert von ihm sind. Vielleicht gibt es da noch jemanden mit langen schwarzen Haaren? Svenja, du sprichst mit Maike. Wenn der Rüde dabei ist, umso besser. Wir brauchen unbedingt einen detaillierten Plan der letzten zwei Wochen. Wir müssen nicht wissen, was sie gemacht haben, aber wen sie getroffen haben – das bedeutet, alle Kundinnen von Maike mit langen schwarzen Haaren und alle jene, die sie privat getroffen haben. Und ich werde noch einmal mit Imke Holstein sprechen. Vielleicht verrät sie uns, warum seine Ex-Frau ihn so sehr hasst.«

30

Auf dem Weg zu Thomsens Wohnhaus hält Svenja, einem plötzlichen Geistesblitz folgend, noch einmal bei der Apotheke. Sie sieht die zusammengefalteten Zettel in ihrer Geldbörse durch und stellt erleichtert fest, dass sie das Rezept dabei hat.

Aus dem Kofferraum nimmt sie eine Rolle Paketklebeband und derart bewaffnet betritt sie die Apotheke.

Zehn Minuten später verlässt sie dieselbe wieder. Mit einem zufriedenen Grinsen steckt sie das Stück Klebeband, an dem einige schwarze lange Haare festkleben, in einen kleinen Plastikbeutel. Diese Probe wird sie nun bei der KTU abliefern, bevor sie bei Thomsen und seiner Verlobten nach dem Rechten sieht.

***

Maike, die ihr die Tür öffnet, sieht nicht mehr ganz so schlimm aus. Der Teint ist rosig, die Augen wieder klar. Das blonde Haar ist frisch gewaschen und gestylt. Ein Duft nach Erdbeeren umgibt sie und Svenja bekommt eine kräftige Umarmung zur Begrüßung.

»Schön, dass du dich besser fühlst.«

»Bärchen, guck doch mal wer da ist«, ruft Maike ins Wohnzimmer und kurz darauf kommt Thomsen angeschlurft. Auch er sieht deutlich besser aus.

»Du kannst mich fragen, was du willst, mein Anwalt ist bereit«, scherzt er zur Begrüßung.

Erst jetzt wird Svenja auf den Dritten im Raum aufmerksam, der sich nun höflich erhebt. Augenblicklich wird ihr Mund trocken. Rechtsanwalt Ralf Theissen ist für sie immer noch der attraktivste Mann, der ihr je begegnet ist. Und er riecht so gut. Sie wünschte insgeheim, er wäre ihr *Schulkamerad* gewesen.

Errötend erwidert sie seine Begrüßung.

»Sind Sie privat oder dienstlich hier?« Der Anwalt mit den auffälligen stechend blauen Augen inspiziert sie interessiert.

»Privat«, bringt Svenja heraus und versucht ein Lächeln.

»Dann trink etwas mit uns.« Maike drückt ihr ein Glas in die Hand und schickt sich an, eine Flasche Prosecco zu öffnen.

»Aber nur eines. Ich muss mit euch heute noch arbeiten.«

»Du musst was?«, blafft Thomsen.

»Euch beim Erinnern helfen und alles notieren«, konkretisiert Svenja. »Wir müssen die schwarzhaarige Frau finden.«

»Oh Mann«, schimpft Thomsen. »Das verstehst du

unter *privat*? Schickt dich Paulsens Inquisitor?«

»Was? Nein, natürlich nicht. Aber Sophie. Sie hat durchgesetzt, dass wir frei ermitteln dürfen...«, erwidert Svenja ein wenig kläglich.

»Und ich dachte, du bist hergekommen, um mit deiner Freundin was zu trinken«, empört sich ihr Chef. »Deshalb bist du willkommen. Wenn du mit dem Ermittlungsscheiß anfängst, kannst du gleich wieder abzischen.«

»Bärchen!«, ruft Maike entsetzt.

»Chef, ich mach das doch für dich«, versucht Svenja zu ihm durchzudringen.

»Dann lass es bleiben. Mein Anwalt hier«, er legt Theissen eine Hand auf die Schulter, »wird den Sesselfurzern, die mich meinen Job nicht machen lassen, ordentlich in den Arsch treten. Und alles andere interessiert mich nicht mehr.«

»Aber mich«, sagt Maike, als sie sieht, dass ihre Freundin bereits Tränen in den Augen hat. »Komm, wir beide unterhalten uns in der Küche.«

Zu Svenjas Überraschung folgt Theissen ihnen und setzt sich mit einer Selbstverständlichkeit an den Küchentisch mit dazu.

Er zwinkert ihr spitzbübisch zu.

»Ich kann meine Mandantin doch nicht allein mit der Polizei reden lassen.«

31

Sophie kommt erschöpft und von der Kälte genervt zu Hause an. Nicht nur sie ist froh, endlich wieder zu Hause zu sein, auch Otello ist entzückt. Obwohl sie weiß, dass er in erster Linie an seiner abendlichen Fütterung interessiert ist, freut sie sich über seine Begeisterung. Nachdem er mit Lachsstückchen und Streicheleinheiten versorgt ist, schenkt sie sich ein Glas guten Rotweins ein, verzichtet jedoch freiwillig auf ihre übliche Abendzigarette. Die Schneeverwehungen aufgrund des Sturms, der draußen tobt, laden nicht zu einem Aufenthalt auf der Terrasse ein.

Sie lässt sich auf der Couch nieder und beobachtet durchs Fenster, wie heftige Böen Schnee und abgebrochene Äste durch ihren Garten wirbeln und ganz plötzlich fühlt sie sich auf eine Art allein, die ihr ins Herz schneidet.

Der Tag verlief insgesamt frustrierend. Sie hatte gehofft, dass die neuerliche Befragung von Holsteins Schwiegertochter zu neuen Anhaltspunkten führen würde, doch sie konnte Imke Holstein nirgendwo erreichen. Weder auf ihrer privaten Handynummer, noch im Krankenhaus. Daraufhin versuchte sie es bei ihr Zuhause. Doch auch das war vergeblich, da sich auf ihr mehrmaliges Läuten niemand meldete.

Sophie seufzt und nimmt einen Schluck Wein. Es bleibt ihr gar nichts anderes übrig, als es morgen noch mal zu versuchen.

Bevor sie endgültig in die Depression abrutscht, greift sie zum Handy und atmet erleichtert auf, als die Stimme ihrer besten Freundin an ihr Ohr dringt.

»Ich bin ein Therapiefall«, gesteht sie gleich nach der Begrüßung.

»Wann nicht?«, gibt Alex feixend zurück. »Lass mal hören, was dich heute quält.«

»Haha«, mault Sophie. »Wir haben hier echt eine Scheiß-Situation. Ich hab zum ersten Mal in meinem Leben etwas Illegales gemacht. Denke ich zumindest.« Sie erzählt nun, wie sie Maikes Handy an sich nahm und es später Thomsen aushändigte.

»Also Maike gegenüber hast du wohl keine Schuld auf dich geladen. Du hast sie vielmehr vor Schaden bewahrt. Dienstrechtlich hingegen...«

»... sitze ich ordentlich in der Patsche, wenn das jemals rauskommt.«

»Nun, dann musst du dir eben auch einen guten Anwalt leisten, der dich da wieder rauspaukt. Kennst du vielleicht einen gewissen Ralf Theissen?«

»Witzig. Besser, du erwähnst seinen Namen nicht. Ich bin offenbar wieder Single, dem Alkohol zugetan und rollig.«

»Dann ruf ihn an. Er ist doch bloß deinetwegen in der Stadt«, empfiehlt Alex. »Oder denkst du, ihm würde etwas an deinem grummeligen Bärchen-Chef liegen?«

Sophie muss grinsen.

»Okay, mag sein. Aber anrufen werde ich ihn trotzdem nicht. Und den Evando auch nicht. Der kann bleiben, wo der Pfeffer wächst.« Sie spürt nun, wie ihr das Selbstmitleid in die Augen hochsteigt. »Ich kapier echt nicht, warum ausgerechnet die Männer, die mir gefallen, immer so bescheuert sein müssen.«

»Heul dich ruhig aus«, rät ihre Freundin einfühlsam. »Dann fühlst du dich wieder besser. Und lass dir ein warmes Schaumbad ein. Das hat dich noch jedes Mal getröstet.«

Als sie eine halbe Stunde später in der warmen Wanne liegt und ihre Zehen betrachtet, die aus dem Schaum ragen, läutet es an der Haustür.

»Ach nee«, murmelt sie.

Das Läuten wiederholt sich aufdringlich, und nachdem die Entspannung ohnehin zum Teufel ist, steigt sie aus der Wanne und schlüpft in ihren Bademantel.

Verärgert öffnet sie die Tür und blickt in strahlend blaue Augen, die ihr verschmitzt zuzwinkern.

»Diesen Tropfen musst du unbedingt mit mir gemeinsam probieren«. Ralf streckt ihr voller Begeisterung eine Flasche edlen Champagners entgegen.

»Ich nehme gerade ein Bad«, gibt sie zurück.

»Es gibt keine bessere Gelegenheit dafür.«

Er drängt sich an ihr vorbei ins Haus und ehe sie etwas dagegen tun kann, streift er Stück für Stück seiner Kleidung ab.

»Du musst wissen, ich bin nebenberuflich zertifizierter Badewannen-Fußmasseur und Rückenschrubber«, erklärt er, als er nackt vor ihr steht und sie mit einem Blick betrachtet, der ihr durch Mark und

Bein fährt.

»Mist«, flucht Sophie, weil sie merkt, wie ihr Körper auf ihn reagiert. Von Widerstand kann keine Rede mehr sein. »Dann komm eben mit, aber kein Wort über den Fall.«

*Überzeugungen sind gefährlichere Feinde
der Wahrheit als Lügen*

Friedrich Nietzsche

FREITAG

32

Als Sophie morgens den Großraum betritt, findet sie ihn leer vor. Sie schaut in der Personalküche nach, doch auch dort hält sich niemand auf. Allerdings ist die Kaffeekanne halb voll – ein untrügliches Zeichen dafür, dass ihre Kollegen bereits da sind.

Einer bösen Vorahnung folgend steuert sie auf das Chefbüro zu und klopft.

Ein barsches *Herein* bestätigt ihre Befürchtungen. Nielsen mustert sie vorwurfsvoll.

»Entschuldigung«, murmelt sie und setzt sich neben Svenja.

»Ja, äh, wie ich gerade sagte, es ist noch kein Beschluss eingelangt«, stammelt Jasper.

Offensichtlich ist er wieder an der Reihe, sich rechtfertigen zu müssen. Seine Miene spricht Bände. Ganz so, als ob er Zahnschmerzen hätte. Der schwarze Schatten rund um sein linkes Auge verstärkt den leidenden Eindruck.

»Haben Sie mit dem zuständigen Staatsanwalt telefoniert?«, will Nielsen in seiner üblichen sachlich-

nüchternen Art wissen.
»Ja. Er sträubt sich. Offenbar hat Thomsens Anwalt ihn bereits kontaktiert. Genaueres weiß ich aber nicht.«
»Hat die Telefongesellschaft schon auf unsere Anfrage reagiert?«, legt Nielsen nach.
»Leider auch nicht. Ich bleibe natürlich dran.«
»Hmm.« Nielsens Brummen klingt jetzt mehr nach einem Zähnefletschen. »Und Sie, Frau Kollegin Meerkatz, was haben Sie herausgefunden? Wissen wir endlich, wer die ominöse Schwarzhaarige ist?«
»Bedauerlicherweise nicht. Der Fall scheint doch ein wenig verzwickt zu sein.«
»Nun, das ist sehr enttäuschend. In dem Fall würde ich Ihnen zumindest Pünktlichkeit empfehlen. Sie wollen doch nicht, dass ich bei der Beurteilung unserer Zusammenarbeit keinen einzigen Pluspunkt anführen kann.«

Sophie spürt, wie ihre Ohren heiß werden. Nicht aus Scham, sondern aus Wut. Sie beißt die Zähne zusammen, um sich hier und jetzt nicht selbst ins Out zu schießen.

»Sie müssen sich wirklich mehr Mühe geben, ich erwarte dringend Ergebnisse«, setzt Nielsen an alle gerichtet fort und erhebt sich. »Und jetzt entschuldigen Sie mich bitte, ich muss mit dem Dienststellenleiter eine Pressekonferenz vorbereiten. Was derzeit in gewissen Online-Schmierblättern zu lesen ist, fügt dem Image der Kriminalpolizei großen Schaden zu. Nachdem die Ermittlungsergebnisse bisher leider ausbleiben, müssen wir uns darauf konzentrieren, Schadensbegrenzung zu betreiben.«

33

Auf Nielsens Abgang folgt ein allgemeines Aufatmen und schon wenige Minuten später findet Svenja in der Kaffeeküche ihr fröhliches Naturell wieder.
Sie schnuppert an Sophie. »Du riechst so intensiv nach Duschgel, als ob dich jemand von Kopf bis Fuß damit eingerieben hätte«, lästert sie. »Wenn ich das mit deiner Verspätung kombiniere und dem Umstand, dass der hübsche Anwalt gestern Abend um zweiundzwanzig Uhr von Thomsens Haus weggefahren ist, liegt völlig klar auf der Hand, dass ihr beide letzte Nacht . . .«
»Du solltest zur Polizei gehen«, unterbricht Sophie. »Bei deinem ausgeprägten Spürsinn kannst du dort sicher Großes leisten.«
»Auf jeden Fall!«, trumpft Svenja auf. »Willst du wissen, was ich bisher erreicht habe?«
Mit einem geheimnisvollen Grinsen zieht sie ein gefaltetes Blatt Papier aus ihrer Hosentasche.
»Das interessiert mich auch.« Jasper kommt neugierig näher.
»Ich habe mit Maike gestern die letzten beiden Wochen analysiert. Stunde für Stunde sozusagen, und

nach anfänglichen Schwierigkeiten konnten wir auch den Rüden dazu bringen, mitzumachen.«
Svenja legt nun das Papier, auf dem über fünfzig Namen stehen, auf den Tisch.
»Alle diese Personen sind dem Rüden oder der Maike so nahe gekommen, dass sie eines seiner Haare weitertragen hätten können.«
»Okay, und warum sind diese sieben hier eingekreist?«
»Weil sie schwarze Haare haben.«
»Oh«, sagt Sophie und ihre Augen beginnen zu leuchten. »Eine dieser Personen könnte also Thomsens Haar plus ihr eigenes in den Intimbereich unseres Toten befördert haben«, fasst sie zusammen.
»Genau.«
»Das ist genial«, lobt Sophie.
»Hat der Theissen uns erklärt«, gibt Svenja zu und grinst.
»Moment«, bremst Jasper. »Ich kapier das nicht. Theoretisch hätte doch auch der Rüde von der Schwarzhaarigen ein Haar aufnehmen können und es beim Opfer verlieren.«
»Theoretisch ja«, gibt Svenja zu. »Aber er sagt, er war nicht dort, und ich glaube ihm. Also muss die Schwarzhaarige am Tatort gewesen sein.«
»Moment«, bremst Jasper neuerlich. »Es könnte auch ein völlig Fremder gewesen sein, der vom Rüden und von der schwarzen Unbekannten Haare gesammelt und sie dann beim Opfer deponiert hat.«
Svenja stöhnt. »Mensch, du nervst. Klar wäre das auch möglich, theoretisch. Aber das ist dann noch mal ein Stück weiter hergeholt.«
»Wenn du meinst . . .«, gibt ihr Kollege einge-

schnappt zurück.
»Und diese sieben, die da eingekreist sind, sind alle schwarzhaarige Frauen, die mit dem Rüden Kontakt hatten?«, kommt Sophie wieder auf das Thema zurück.
»Oder mit der Maike, weil sie meint, so, wie ihr Bärchen seine Haare verliert, hat sie ständig welche von ihm dabei. Genauso wie von ihrer Katze.«
»Die Maike hat eine Katze? Das wusste ich gar nicht.«
»Ja. Eine graue.«
»Und sie ist sicher, dass es eine Katze ist und kein Fuchs«, scherzt Sophie und bringt Svenja zum Kichern.
»Das mit dem Fuchs kapier ich überhaupt nicht«, klinkt sich auch Jasper wieder ein.
»Ich auch nicht, aber zurück zum Thema«, kommandiert Sophie. »Wir haben also sieben neue Schwarzhaarige.«
»Ja, aber drei sind Kolleginnen, da hätte unser System genauso angeschlagen wie bei unserem Chef, also bleiben bloß noch vier«, setzt Svenja eifrig ihre Erklärung fort. »Und diese hier können wir auch streichen.« Sie tippt auf einen weiteren Namen. »Das ist seine Nachbarin. Sie ist bereits über siebzig, die meisten Haare sind schon grau und sie hat eine Gehhilfe. Außerdem geht sie selten aus dem Haus. Der Rüde hat ihr bloß eine kaputte Lampe ausgewechselt.«
»Bleiben also drei.«
»Exakt. Michaela Meinhardt, also Maikes Schwester, die sich erst vor zwei Wochen die Haare schwarz gefärbt hat, Annegret Walch, die Angestellte in der Reinigung, in die Thomsen seine Jacke brachte, und Gertrud Kruskopp, Thomsens Putzfrau, die jeden Sonntag in seinem Haus saubermacht.«

»Oh . . . ist das die besagte Reinigungskraft, gegen die Maike seit Wochen in den Krieg zieht?«, will Sophie wissen.

»Seit Monaten.« Svenja nickt zustimmend.

»Stimmt«, meint Jasper, »das hab ich auch mitbekommen, aber den Grund hab ich vergessen. Was hat die Maike gegen sie?«

»Sie stößt sich daran, dass sie sich immer so aufreizend kleidet und außerdem bloß sonntags Zeit hat. Weil das den Schluss zulässt, dass sie sich dem Rüden alle zwei Wochen in einem sexy Outfit präsentieren möchte.«

»Hmm«, macht Jasper und holt tief Luft.

»Komm mir jetzt nicht wieder mit *Moment*«, blafft Svenja vorbeugend. »Die Maike bildet sich das sicher nicht ein.«

»Ich finde, wir sind einen großen Schritt weiter«, beeilt sich Sophie dazwischenzugehen. »Nun haben wir drei neue Schwarzhaarige. Findet heraus, ob das besagte schwarze Haar naturbelassen oder gefärbt war, und besorgt anschließend die entsprechenden Proben der Damen.«

»Strike«, freut sich Svenja. »Ihr müsst wissen, im Haarprobenbeschaffen bin ich mittlerweile absolute Spitze. Von der unkooperativen Ex-Frau des Opfers habe ich gestern auch noch eine besorgt.«

»Wie hast du das denn gemacht?« Sophie sieht ihre Kollegin verblüfft an.

Svenja grinst über das ganze Gesicht.

»Ich habe ein Rezept eingelöst, wo sie etwas zusammenrühren musste. Als sie deswegen für zwei Minuten verschwand, habe ich mit einem Klebeband die Haare von ihrer Jacke gesammelt.«

»Von dem Garderobenständer hinter der Theke?«
»Ganz genau.«
»Alle Achtung«, lobt Sophie. »Dann wünsche ich euch beiden heute ebenso viel Erfolg, während ich versuche, ein weiteres Mal mit Imke Holstein zu sprechen. Haltet mir die Daumen, dass ich heute mehr Glück habe.«

34

Ein kurzer Anruf bei der KTU stellt klar, dass das besagte lange schwarze Haar nicht gefärbt wurde. Somit können Jasper und Svenja Maikes Schwester Michaela von der Liste streichen und sich auf die verbleibenden zwei Frauen konzentrieren. Sie beschließen, mit jener zu beginnen, die in der Reinigung arbeitet, die in der Nähe von Thomsens Wohnhaus liegt.

Schon von Weitem sieht Svenja eine junge schwarzhaarige Frau, die neben der Eingangstür der *Express-Reinigung Friedrichsen* steht und raucht.

»Frau Annegret Walch?«

»Ja. Wollen Sie zu mir? Ich mache nur eine kurze Pause, die ich für Kunden aber gerne unterbreche.«

»Wir sind keine Kunden.« Jasper zückt seinen Ausweis. »Wir sind von der Kripo und ermitteln in einem Mordfall.«

»Ach, wie schrecklich.« Annegret lässt ihre Kippe zu Boden fallen und tritt die Glut aus. »Wer ist denn gestorben?«

»Magnus Holstein. Der Chorleiter der Sankt Magdalenenkirche. Kennen Sie den?«

»Nee. Ihn persönlich nicht, aber den Chor schon. Also, ich hab den schon mal singen gehört. Die waren nicht schlecht. Aber auf den Chorleiter hab ich dabei nicht geachtet.« Sie zuckt bedauernd mit den Schultern. »Kann ich Ihnen sonst irgendwie behilflich sein?«
»Ja, das können Sie – indem Sie uns ein Haar spenden«, flötet Svenja zuckersüß.
»Ein Haar? Von mir? Warum das denn?«
Svenja erklärt nun ruhig und sachlich die Situation und Annegret hört gespannt zu.
»Klingt ja voll aufregend. Ich war noch nie in so etwas verwickelt. Hier bitte.«
Sie reißt sich eines ihrer langen schwarzen Haare aus. »Genügt das?«
»Aber sicher.« Svenja packt es erfreut in einen kleinen Plastikbeutel.
Plötzlich kommen Annegret Walch doch Bedenken.
»Und wenn nun mein Haar mit demjenigen, das Sie gefunden haben, übereinstimmt, werde ich dann wegen Mordes verurteilt?«
Svenja lacht freundlich, um sie fürs Erste zu beruhigen. »Nein, keine Sorge. Dann ermitteln wir erst mal, wie es dorthin kam. Haben Sie denn für den letzten Sonnabend um einundzwanzig Uhr ein Alibi?«
»Warten Sie.« Annegret fischt ihr Handy aus der Tasche und geht ihren Kalender durch. »Ach ja, da war ich mit dem Kai im Kino. Ein verlorener Abend.« Sie verzieht das Gesicht. »So ist er wenigstens nachträglich noch zu etwas gut.«
Svenja notiert sich das.
»Nun, in diesem Fall haben Sie rein gar nichts zu befürchten.«
»Okay. Aber Sie sagen mir doch auf jeden Fall, was

bei dem Test mit meinem Haar herauskommt, nicht wahr?«

»Versprochen«, mischt sich nun Jasper wieder in die Unterhaltung ein und reicht ihr die Hand. »Einen schönen Tag noch.«

35

Sophie tritt in der Kälte von einem Bein auf das andere, pustet sich in ihre Hände und reibt sie aneinander. Sie klingelt bereits zum fünften Mal an der Haustür des gepflegten roten Backsteinhauses, als sich endlich einer der oberen Vorhänge bewegt.
Anrufe haben bei Imke auch heute nicht zum Ziel geführt, deshalb ist sie nun richtig erleichtert, die junge Frau doch noch persönlich zu Hause anzutreffen.
»Ja?« Die Haustür wird bloß einen Spalt breit geöffnet.
»Oberkommissarin Meerkatz, ich bearbeite den Fall Ihres Schwiegervaters. Wir haben uns bereits kennengelernt. Ich habe noch ein paar Fragen.«
»Was denn für Fragen?« Ein wenig widerwillig zieht Imke Holstein die Tür auf und lässt Sophie eintreten.
»Bloß über Ihren Schwiegervater. Wie er so war – als Mensch?«
»Ach so. Ist das wichtig?«
»Für mich schon. Außerdem wollte ich nachfragen, ob Sie bereits wissen, wie Ihr Schwiegervater testamentarisch über sein Vermögen verfügt hat?«
»Ja. Das ist geklärt. Max' Bruder Klaas ist

mittlerweile in Husum eingetroffen, er besitzt eine Kopie des Testaments und hat es mir gezeigt.«
»Und... gab es Überraschungen?«
»Gar keine.« Imke schüttelt entspannt den Kopf. »Wie erwartet geht alles an Klaas, ich habe bloß ein Wohnrecht hier im Haus.«
»Empfinden Sie das als ungerecht?«
»Nein. Das passt für mich gut. Ich wollte immer unabhängig sein und das bin ich auch. Als Krankenschwester verdiene ich mein eigenes Geld. Hier mietfrei wohnen zu dürfen, reicht mir völlig.«
»Ist Klaas Holstein hier? Ich meine, hier im Haus?«
»Nein, das wollte er nicht. Seine Frau war schon immer ein wenig eifersüchtig auf mich. Jetzt ist sie hochschwanger, da möchte er sie keinem zusätzlichen Stress aussetzen. Er hat im Hotel *Zum Anker* eingecheckt.«

Imke bietet Sophie nun einen Platz am Küchentisch an und schenkt Tee ein. Sie stellt auch einen Teller mit Plätzchen dazu.

Sophie setzt sich und nippt an dem Kräutertee. Übergangslos wechselt sie das Thema.
»Wir haben am Geschlechtsorgan Ihres Schwiegervaters Misshandlungen entdeckt. Wissen Sie etwas darüber?«
»Wie bitte?« Imkes Augenbrauen gehen hoch. »Was hab ich mit dem Geschlechtsteil meines Schwiegervaters zu schaffen?«

Sophie ignoriert die Frage. »Es gibt Hinweise auf Misshandlungen des Penis' – und auch sein Gesäß wurde *behandelt*. Mit etlichen kräftigen Hieben.«
»Sie meinen, jemand hat ihm den Hintern versohlt?«
Imkes Reaktion ist eine einzige Gebärde der

Fassungslosigkeit.
»Ja. Haben Sie eine Ahnung, wer . . .«
»Wollen Sie mir sagen, dass er – *ausgerechnet er* – mit jemandem *böser Junge* gespielt hat?«
»Sieht so aus. Deshalb wollte ich Sie fragen . . .«
»Dieser verdammte Scheißkerl! Ich fasse es nicht. Wie viel Doppelmoral kann ein einzelner Mensch überhaupt in sich haben? Jedem hat er seinen stockkonservativen, von der Kirche dominierten Lebensstil aufgedrängt. Was heißt aufgedrängt, erstickt hat er uns alle damit. Und nun – nach seinem Tod – stellt sich raus, er selbst war die größte perverse Drecksau von allen?«
»Frau Holstein«, versucht Sophie die Aufgebrachte zu beruhigen, »nur weil ein Mensch seine sexuellen Bedürfnisse auslebt, verdient er es nicht, eine solche Beschimpfung erfahren zu müssen.«
»Doch, oh doch. In diesem Fall gibt es gar keine Schimpfwörter, die heftig genug sind, um der Abscheu gerecht zu werden!«
»Aber . . .«, beginnt Sophie.
»Sie verstehen das nicht. Sein Leben lang hat er seine Söhne gezwungen, nach seinen Regeln zu leben – nach seinen strengen christlichen Regeln. Und nun erfahre ich, dass die gleichen Regeln, mit denen er uns geknechtet hat, für ihn nicht gegolten haben? Oh Mann, das ist echt 'n Ding. Haben Sie das seiner Ex-Frau, der Berit auch erzählt?«
»Nein.«
»Ich sage Ihnen, wenn ich der das erzähle, die gräbt ihn aus und bringt ihn eigenhändig nochmals um.«
»Äh, er ist noch nicht begraben worden«, wendet Sophie ein wenig verunsichert ein.

»Weiß ich doch. Und es war ja bloß metaphorisch gemeint.«

»Okay . . . Sie haben also keine Ahnung, wer ihm die Verletzungen im Intimbereich beigebracht haben könnte?«

»Nee, echt nicht. Ich hab so was von null Ahnung.«

»Das heißt, er hat sich ganz bewusst für diese *Begegnungen* immer jene Tage ausgesucht, an denen Sie Nachtdienst hatten?«

»Scheint so. Wie gesagt, ich hatte ja nicht die geringste Ahnung . . . .«

Das Gespräch wird plötzlich durch anschwellendes elektronisches Möwengeschrei unterbrochen.

»Entschuldigen Sie mich kurz«, erklärt Sophie, verlässt die Küche und nimmt den Anruf auf ihrem Diensthandy entgegen.

»Moin Frau Kommissarin, Dr. Jensen hier. Ich habe mir Holsteins Leichnam noch einmal angesehen, ganz speziell im Hinblick auf die Medikamentenliste, die Sie mir zukommen ließen.«

»Ja?«, hakt Sophie gespannt nach, weil ihr Gesprächspartner eine Pause einlegt.

»Nun, die Kurzfassung ist: Er hat diese Medikamente nicht eingenommen.«

»Wie bitte?«

»Also ich kann es nicht bei allen Präparaten nachweisen, aber definitiv für den Blutgerinnungshemmer. Ich will Sie jetzt nicht mit medizinischen Ausführungen langweilen, aber ich kann Ihnen versichern, dass der Herzinfarkt bei den Vorerkrankungen, die Holstein hatte, ohne die Einnahme gerinnungshemmender Mittel bloß eine logische Folge war.«

»Soll das heißen, sein Herzinfarkt war ohne dieses Medikament unvermeidbar?«

»Ja, genau das wollte ich Ihnen sagen. Es war bloß eine Frage der Zeit.«

»Danke, Dr. Jensen, Sie haben mir sehr geholfen.« Zurück in der Küche bringt Sophie die Sprache sofort auf das eben Gehörte.

»Frau Holstein, der Gerichtsmediziner hat herausgefunden, dass Ihr Schwiegervater seine Medikamente nicht nahm.«

»Was?« Imke wird augenblicklich blass. »Das kann nicht sein. Ich habe darauf geachtet, dass er sie regelmäßig einnimmt.«

»Waren Sie dabei, als er sie geschluckt hat?«

»Nein, das nicht.« Sie schüttelt abwehrend den Kopf. »Aber ich habe ihn erinnert und dafür gesorgt, dass er regelmäßig Nachschub bekam.«

»Nun, was auch immer er damit gemacht hat, die Medizin ist nicht in seinem Körper angekommen.«

»Aber das würde ja bedeuten . . .«, stottert sie bestürzt und verstummt dann.

»Ja, das bedeutet, er hat seinen Tod in Kauf genommen.«

Eine Weile bleibt es still in der rustikal eingerichteten Küche der Holsteins.

»Oder herbeigesehnt . . .«, flüstert Imke mit tonloser Stimme.

36

Jasper beißt genussvoll in sein Fischbrötchen. Svenja steht neben dem für die Kunden aufgestellten Heizpilz des Hafenimbisses und beobachtet, wie ihm die Remoulade über die Finger läuft.
»Wenn du so weitermachst, müssen wir gleich noch mal zur Reinigung.«
Sie reicht ihm eine Serviette und nimmt einen Schluck von ihrem alkoholfreien Punsch.
»Wer ist die Nächste?«, fragt Jasper kauend.
»Die Gertrud Kruskopp, Thomsens Putzhilfe, du weißt schon, diejenige, die Maike in den Wahnsinn treibt.«
»Ach ja, richtig. Also ich würde keine Frau im Haus beschäftigen, die meine Freundin nicht will. Ich meine, so was gibt doch nur Stress.«
Svenja lächelt. Es ist nicht zu übersehen, mit welch einem Stolz ihm mehrmals am Tag die Worte *meine Freundin* über die Lippen kommen. Wahrscheinlich liegt es daran, dass er so lange darauf gewartet hat, endlich eine zu haben.
»Ich sehe schon, du wirst einmal ein perfekter Ehemann«, lobt sie ihn. »Aber der Rüde hat einen

Gewissenskonflikt. Das weiß ich von der Maike. Sie hat mir erzählt, die Gertrud war mit seinem besten Freund verheiratet. Und als jener vor Jahren elendiglich an Krebs verstarb, hat er ihm an seinem Totenbett versprochen, seine Frau zu unterstützen.«

»Oh.« Jasper kratzt sich am Hinterkopf. »Und er denkt, er unterstützt sie, wenn er sie bei sich zu Hause putzen lässt?«

»Die Maike sagt, dass er das eigentlich gar nicht will. Aber die Gertrud verweigert Almosen, sie meint, sie kann sich zu ihrer kleinen Witwenrente mit eigener Arbeit etwas dazuverdienen.«

»Ja, es gibt Menschen, die wollen nichts geschenkt haben.« Jasper nickt, während er den Rest seines Fischbrötchens auf einmal in den Mund schiebt.

»Schon, bloß die Maike kauft ihr das nicht ab«, widerspricht Svenja. »Weil sie immer nur sonntags Zeit hat und sich überdies jedes Mal so richtig sexy . . .«

»Stimmt«, unterbricht Jasper mampfend. »Das hast du mir schon mal erzählt.«

»Ja, und außerdem hat die Maike den Verdacht, dass die Kruskopp das Geld überhaupt nicht braucht . . .«

»Wieso das?«

»Weil sie im Nerzmantel und mit teurem Schmuck zum Putzen erscheint.«

»Oho.« Jasper spült die Fischbrötchenreste mit Cola hinunter. »Ein Bier wär mir jetzt lieber.«

Svenja nickt zustimmend.

»Ich wünsch mir auch einen Rum in meinen Punsch. Aber das werden wir heute Abend nachholen. Jetzt fühlen wir dieser Kruskopp mal kräftig auf den Zahn. Hast du die Adresse?«

Jasper nickt und läutet kräftig die auf dem Stehtisch

angebrachte Schiffsglocke, was dem Imbissbetreiber und allen zufällig im Umkreis von hundert Metern anwesenden Personen mitteilt, dass ihm sein Brötchen geschmeckt hat.

* * *

An der Haustür eines gepflegten kleinen Häuschens am Birkenweg muss Svenja mehrmals läuten und klopfen, bis eine hagere Frau, die deutlich sichtbar auf die Fünfzig zugeht, die Haustür öffnet. Sie trägt einen lachsfarbenen Kaschmirpullover zu einem bodenlangen schwarzen Rock mit aufgesetzten Taschen. Ihre langen schwarzen Haare trägt sie zu einem Zopf zusammengebunden.

»Frau Kruskopp?«, fragt Jasper höflich und stellt sich und seine Kollegin vor.

»Ja?«, kommt es unsicher zurück.

»Wir möchten mit Ihnen über den Tod von Herrn Holstein sprechen. Dürfen wir hereinkommen?«

»Wozu denn? Ich kenne diesen Herrn nicht.«

»Bitte«, insistiert Svenja. »Wir sind die Kollegen von Hauptkommissar Thomsen, und wir wollen ihm helfen.«

»*Ihm helfen?*« Irritiert zieht sie die Tür ein wenig auf. »Was ist denn mit ihm?«

Svenja schlüpft sofort ins Innere und drückt die Tür für Jasper weiter auf.

»Lesen Sie denn keine Zeitung?«

»Nein«. Verunsichert schüttelt sie den Kopf. »Für Zeitungen interessiere ich mich nicht.«

»Können wir uns irgendwo setzen?«, fragt Svenja, nachdem die Gastgeberin von selbst nicht auf die Idee kommt, ihnen einen Platz anzubieten.

»Wenn Sie meinen.« Frau Kruskopp führt sie unwillig den Gang entlang zu einem kleinen Wintergarten, wo ein Tisch mit vier Stühlen steht.

»Danke.« Svenja setzt sich und blickt durch die riesigen Sprossenfenster in einen kleinen, aber schön angelegten Garten.

»Nett haben Sie es hier.«

»Danke. Wie soll ich Ihnen nun helfen?«

»Am besten mit der Wahrheit – die Sache ist die: Bei der gerichtsmedizinischen Untersuchung des toten Herrn Holstein wurden einige Haare an intimer Stelle gefunden, unter anderem ein langes schwarzes.«

Svenja lässt ihren Blick nun über die pechschwarze Mähne ihres Gegenübers gleiten und merkt, wie diese sich augenblicklich verkrampft.

»Was wollen Sie nun von mir?«

»Ein Haar zum Vergleich.«

»Aber . . . muss ich Ihnen das denn geben? Ich würde lieber zuerst meinen Anwalt fragen.« Verunsichert zieht sie ein Mobiltelefon aus ihrer Rocktasche. »Wenn Sie mich kurz entschuldigen, ich bin gleich wieder da.«

»Sagen Sie ihm bitte dazu, dass Sie nichts zu befürchten haben, wenn Sie den Herrn Holstein gar nicht kannten«, ruft Svenja ihr hinterher, während Frau Kruskopp sich mit eiligen Schritten entfernt.

»Mann, ist die ängstlich«, meint Jasper und sieht ungeduldig auf die Uhr. »Wenn wir ihr Haar haben, bringen wir es sofort zur KTU und dann . . . *ding ding ding* Feierabend am Hafen. Aber diesmal mit Bier!«

Svenja nickt zustimmend, als sie plötzlich den Motor eines Autos aufjaulen hört, begleitet von dem knirschenden Geräusch, das Kies macht, wenn er unter rotierenden Reifen wegspritzt.

»Das darf doch nicht wahr sein!«

Sie springt auf, stürmt den Gang entlang und reißt die Eingangstür auf. Doch alles, was sie noch sehen kann, ist, wie der schwarze VW Passat, der in der Einfahrt stand, mit einem Affentempo um die Ecke biegt und verschwindet.

Jasper, der ihr nach gehetzt ist, bleibt enttäuscht im Türrahmen stehen.

»Ach Mann, so 'n Mist. Heute Abend sind wir die Lachnummer des gesamten Polizeireviers.«

37

Sophie sieht sich in der luxuriösen Suite des Hotels *Zum Anker* um, in der Klaas Holstein sie vor wenigen Minuten empfangen hat.
Er hat ihr einen bequemen Platz auf der Couch angeboten und sie mit heißem Tee versorgt. Im Augenblick führt er im Nebenraum ein Gespräch mit seiner hochschwangeren Gattin, und so nutzt Sophie die Gelegenheit, sich einen Eindruck über den großen schlanken Mann zu verschaffen, dem mit gerade mal neunundzwanzig Jahren die Welt zu Füßen liegt.
Alles in dieser Suite ist ordentlich. Beinahe zu ordentlich. Nichts, aber auch rein gar nichts deutet auf die Persönlichkeit ihres Bewohners hin. Kein Notebook, das irgendwo aufgeklappt herumsteht, kein Pullover, der über einer Stuhllehne hängt, nicht einmal eine aufgeschlagene Zeitung auf dem Couchtisch.
Durch die geschlossene Tür hindurch kann sie hören, wie Klaas Holstein sein Telefonat beendet. Unmittelbar danach nimmt er ihr gegenüber Platz.
»Meine Frau erwartet unser erstes Kind. Wir sind sehr aufgeregt deswegen, und meine Reise nach Husum kommt zu einem denkbar ungünstigen Zeitpunkt. Ich

möchte meinen Aufenthalt hier deshalb so kurz wie möglich halten, das verstehen Sie sicher. Ist denn die Leiche meines Vaters schon freigegeben, sodass wir die Beerdigung organisieren können?«
»Leider nein. Um ehrlich zu sein, werden die Fragen mehr statt weniger.«
»Ach. Ich wusste gar nicht, dass es überhaupt offene Fragen gibt. Ich dachte, er hätte einen Herzinfarkt erlitten, an dem er auch verstorben wäre?«
»Nun, so einfach ist es nicht. Der behandelnde Arzt Ihres Vaters sagte mir, dass er ihm eine Operation empfohlen hatte, und dass Ihr Vater diese abgelehnt hat. Umso dringlicher wies er ihn darauf hin, wie wichtig die Medikamente wären.«
Klaas Holstein nickt. »Ja, das ist mir bekannt. Imke wusste das auch. Sie ist Krankenschwester und hat sich gut um meinen alten Herrn gekümmert.«
»Das bezweifle ich nicht. Aber bei der Obduktion stellte sich heraus, dass er seine Medikamente gar nicht genommen hatte, weshalb es früher oder später zu dem Herzinfarkt kommen musste.«
»Seltsam. Das passt eigentlich gar nicht zu ihm.«
»Nein?«
»Sie müssen wissen, er war immer schon ein wenig selbstverliebt. Stolz auf seinen Erfolg, seine perfekte Familie, seine Firma, seinen heiß geliebten Chor und sein untadeliges Ansehen in der Kirchengemeinde. Ich will damit sagen, er nahm sich sehr wichtig. Wichtiger als irgendjemand sonst.«
»Das klingt bitter«, meint Sophie. »Wollen Sie damit sagen, dass für seine Kinder zu wenig Zeit blieb?«
Klaas Holstein lacht verlegen auf.
»Nun ja, es ist Geschichte. Seit ich nicht mehr in

Husum bin, bin ich drüber weg. Ich hätte nicht bleiben können.«
»Sie meinen, so wie Imke?«
»Ja, sie ist eine Heilige. Dass sie geblieben ist, ihn betreut hat, nach allem was er ihr angetan hat . . .«
Sophie beugt sich nun gespannt vor. Endlich reißt jemand dem Toten ein Stück weit den Heiligenschein vom Haupt.
»Was hat er denn getan?«
»Ach, was bringt das jetzt noch?«, winkt Klaas Holstein ab. »Er ist tot und wir sollten seine Seele ruhen lassen. Es ist Zeit, nach vorne zu blicken.«
»Das klingt nach einem guten Plan für Sie und Ihre Familie. Aber ich bin von der Mordkommission und mein Chef, der die Ermittlungen in diesem Fall begonnen hat – und der mit Ihrem Vater nicht das Geringste zu tun hatte – wurde von dem Fall abgezogen. Hier wird ein Unschuldiger um seine Karriere und vielleicht sogar um seine Existenz gebracht und alles bloß, weil Ihr Vater gerne Spielchen mit einer Domina spielte«, blufft Sophie nun ganz bewusst. Sie hat zwar nicht die geringste Ahnung, wer für die intimen Verletzungen des Opfers verantwortlich ist, aber so ein Schuss vor den Bug scheint ihr ein probates Mittel zu sein, um den erfolgsverwöhnten Junior ein wenig aus der Reserve zu locken.
»Wie bitte?« Die Verblüffung, die nun Holsteins Gesicht ziert, wirkt genauso echt und aufrichtig wie die von Imke vorhin.
»Wussten Sie nicht, dass er eine Vorliebe dafür hatte, den Allerwertesten versohlt zu bekommen?«, hakt Sophie nach, ohne die Miene zu verziehen.
Klaas Holstein schaut sie einen Moment lang

perplex an und schüttet sich dann aus vor Lachen.
»Sie müssen sich irren, Frau Kommissarin. Mein Vater war sein Leben lang der überkorrekteste Vater, Ehemann und Mensch überhaupt. Wir gingen samstags und sonntags in die Messe, wir beteten vor jeder Mahlzeit, meine Mutter durfte sich nicht mal die Haare färben und mein Bruder ... ach egal. Sie irren sich.«
»Was war mit Ihrem Bruder? Imke hat mir erzählt, dass er vor einem Jahr verstorben ist.«
Holstein steht auf und nimmt ein Glas von einem Sideboard. Die kurzfristige Heiterkeit aufgrund der überraschenden Mitteilung ist wieder aus seinem Gesicht verschwunden. Er öffnet eine Whiskeyflasche und schenkt sich einen Schluck ein.
»Das war meine Schuld«, sagt er dann leise. »Ich hätte nicht gehen dürfen. Aber nachher ist man immer klüger.«
Er setzt sich wieder und sieht Sophie traurig an.
»Mein Vater ließ bei unserer Erziehung keinen Raum für Gefühle. Wir hatten zu funktionieren, zu bestehen, zu brillieren. Wir waren der glorreiche Schimmer, mit dem er sich umgab. Seit ich denken konnte, waren die Kirche und der Chor alles, was zählte. Dem mussten wir uns unterordnen.«
Er steht auf, geht ans Fenster und starrt eine Weile in das Schneegestöber hinaus.
»Mir ist erst mit zweiundzwanzig Jahren der Absprung gelungen. Über ein Stipendium an einer dänischen Universität. Also bin ich gegangen und habe Max allein zurückgelassen. Er war damals erst neunzehn und er hat mich angefleht zu bleiben. Nun, ich bin trotzdem gegangen, habe meine jetzige Frau dort kennengelernt und bin geblieben.«

Wieder sieht er eine Weile schweigend aus dem Fenster.
»Letztes Jahr hat er sich umgebracht. Hat sich einfach vor einen Zug geworfen. Mit fünfundzwanzig Jahren. Das werde ich mir nie verzeihen.«
»Aber . . . das verstehe ich nicht«, erwidert Sophie, die so eine Erklärung nicht erwartet hatte. Als Imke von einer bösartigen Erkrankung sprach, hatte sie das nicht mit einer Depression in Verbindung gebracht.
»Warum geben Sie sich die Schuld daran? Max war doch inzwischen selbst verheiratet. Er hat sich doch wohl nicht das Leben genommen, weil er seinen großen Bruder vermisst hat?«
»Nee, nicht meinetwegen. Mein Vater hat ihn dazu getrieben. Aber ich war nicht da, um ihn zu schützen.«
»Ich verstehe das immer noch nicht.«
Klaas Holstein kippt den Rest seines Whiskeys mit einem einzigen großen Schluck hinunter. »Max war homosexuell. Das war das Problem. Er war schwul und er war verliebt. In seinen besten Freund, den Bente Krisch. Die beiden wollten sich ein Leben aufbauen. Mein Vater hat's rausgefunden und ihn massiv unter Druck gesetzt. Ein schwuler Sohn käme für ihn überhaupt nicht in Betracht. Ein Holstein hat eine traditionelle Familie zu gründen. Er hat ihn vor die Wahl gestellt, alles zu verlieren oder sich den *wahren Werten* zu unterwerfen. Bente hat ausgerechnet zu dieser Zeit seinen Job verloren, und so nahm Max in seiner Verzweiflung das Angebot seiner besten Freundin an. Imke hatte angeboten, ihn zu heiraten, um ihm aus diesem Schlamassel herauszuhelfen. Auf die Art wäre dem äußeren Anschein Genüge getan, und Max und Bente könnten ihre Beziehung heimlich

weiterführen. Aber meinem Vater war das nicht genug. Er fing an, Druck zu machen wegen eines Enkelkinds, das er sich erwartete, und Bente wollte nicht länger mit einer Lüge leben. Er wollte öffentlich zu Max stehen können und mit ihm gemeinsam eine Familie gründen. Auf seine Art machte er auch Druck. Irgendwann wurde meinem kleinen Bruder alles zu viel . . .«

Eine Weile bleibt es ruhig in der luxuriösen Suite mit dem traumhaften Blick über den Hafen.

»Danke, dass Sie mir das erzählt haben«, sagt Sophie, die nun Imkes Empörung nachempfinden kann, als sie von den sexuellen Praktiken ihres Schwiegervaters erfuhr. »Bitte geben Sie mir die Kontaktdaten von Bente Krisch. Ich möchte auch mit ihm sprechen.«

Auf dem Weg zurück zum Auto kommt sie aus dem Kopfschütteln gar nicht mehr heraus. Auch Berit Holstein fällt ihr wieder ein. Und der Hass, den sie in ihren Augen lodern sah. Was hat dieser Mann seiner Familie bloß angetan?

Das Möwengeschrei, das aus ihrer Hosentasche dringt, reißt sie aus ihren Gedanken. Mit klammen Fingern fummelt sie das Handy heraus. *Jasper Hinrichs* steht auf dem Display.

»Moin Jasper, perfekter Zeitpunkt. Ich hab voll interessante Neuigkeiten«, meldet sich Sophie.

»Ich auch«, kommt es ein wenig bedrückt zurück. »Uns ist die Putzhilfe vom Rüden entwischt.«

38

Hauptkommissar Nielsen blickt mit verengten Augen zwischen Jasper und Svenja hin und her.

»Mir war nicht bewusst, dass Sie für eine so simple Aufgabe wie die Befragung einer Reinigungskraft Unterstützung benötigen. Was haben Sie sich bloß dabei gedacht, als die Dame den Raum verließ? Sagen Sie nichts, ich weiß es auch so. Sie sind dagesessen und haben Tee getrunken, während die schwarzhaarige Verdächtige alle Zeit der Welt hatte, um mit ihrem Auto davonzubrausen.«

»Sie hat uns gar keinen Tee angeboten«, murmelt Jasper.

»Und sie sah überhaupt nicht schuldig aus«, rechtfertigt sich Svenja. »Bloß verängstigt. Ich bin mir sicher, sie ist bloß weggelaufen, weil sie Angst hatte, was nun mit ihr passiert. Es gibt viele Menschen, die Angst vor der Polizei haben, obwohl sie noch nie ein Gesetz übertreten haben.«

»So, Sie sind sich also sicher? Und woher nehmen Sie Ihre Sicherheit?«

»Äh . . .« Svenja fallen nun leider keine Argumente ein, die sie ihrem neuen Vorgesetzten entgegenhalten kann.

»Dachte ich mir«, erwidert Nielsen platt. »Haben Sie wenigstens eine Haarprobe mitgebracht?«

»Ja.« Erleichtert, wenigstens eine Sache richtig gemacht zu haben, nickt Jasper eifrig. »Im Vorraum hing ein Nerzmantel. Von dem habe ich einige Haare abgebürstet und eingetütet.«

»Ein Nerzmantel? Thomsens Putzfee hat einen Nerzmantel? Und da kommt Ihnen nichts seltsam vor?«

»Das ist kompliziert . . .«, beginnt Svenja und verzieht das Gesicht.

»Nun denn.« Nielsen schlägt die Beine übereinander. »Erklären Sie es mir. Ich habe Zeit. Schließlich habe ich nichts anderes zu tun, als Ihre Fehler wieder auszubügeln und den ganzen Wahnsinn mit der Presse auf die Reihe zu kriegen.«

Nachdem Svenja all ihr Wissen über Gertrud Kruskopps Beziehung zu Thomsen und das angespannte Verhältnis zu Maike auf den Tisch gepackt hat, platzt Sophie in die Runde.

»Oberkommissarin Meerkatz, wie schön Sie wiederzusehen. Ich hoffe, dass wenigstens Sie gute Nachrichten im Gepäck haben?«

»Nun, ich habe einiges über den Charakter des Opfers erfahren . . .«

Nielsens Festnetztelefon unterbricht sie mit lautem Summen und er nimmt das Gespräch an.

»Hauptkommissar Nielsen. Aha. Ja. Ausgezeichnet. Danke. Bringen Sie die Dame sofort zu mir.«

»Wir haben sie«, teilt er seinen Mitarbeitern voller Stolz mit. »Sie ist uns kurz vor Itzehoe ins Netz gegangen.«

»Sie haben Straßensperren organisiert?«, fragt Svenja fassungslos.

»Hätte ich ihr auch bloß hinterhergucken sollen, so wie Sie das gemacht haben?«, erwidert er mit verächtlichem Tonfall. »Wenn Sie Hemmungen haben, Verbrecher zu stellen, sollten Sie Ihren Job überdenken.«

»Wir wissen doch noch gar nicht, ob sie eine Verbrecherin ist«, verteidigt sich Svenja verzweifelt.

»Die Statistik spricht jedenfalls dafür. Die Mehrzahl der Personen, die vor der Polizei flüchten, tut dies aus gutem Grund.«

Er sieht nun tadelnd von Svenja zu Jasper und wieder zurück. »Sie beide bleiben ab jetzt im Innendienst. Bis morgen möchte ich sämtliche Ermittlungsschritte, Ergebnisse und Vernehmungen in Berichtsform vorliegen haben. Und Sie, Frau Kollegin Meerkatz, haben die Ehre, mit mir die Vernehmung unserer neuen Hauptverdächtigen durchzuführen.«

39

Gertrud Kruskopp sitzt wie ein Häufchen Elend in demselben ungastlichen Vernehmungszimmer, in dem auch Hauptkommissar Thomsen und Maike Schütze befragt worden sind. Sophie sieht, dass sie zittert. Wahrscheinlich vor Angst, denn kalt ist es hier nicht. Ihre langen schwarzen Haare hängen ihr wirr ins Gesicht, ihr lachsfarbener Kaschmirpullover ist aus der Form geraten und weist Schmutzflecken auf. Das muss wohl bei der Festnahme passiert sein.

Nielsen baut sich in voller Größe vor ihr auf. Keine Frage, er genießt diese Situation, denkt Sophie und gibt sich Mühe, ihren Ärger zu unterdrücken.

»Frau Kruskopp, Sie sind bei einer polizeilichen Befragung geflüchtet«, eröffnet er ohne einleitende Worte die Vernehmung. »Erklären Sie uns warum?«

Gertrud Kruskopp starrt wortlos auf die Tischplatte vor ihr.

Nielsen verstärkt den Druck, indem er sich mit beiden Armen auf dem Tisch aufstützt.

»Wir warten.«

Doch die hagere Frau in dem ruinierten Kaschmirpullover spricht nicht. Stattdessen beginnt sie hemmungslos zu weinen.

»Frau Kruskopp, beruhigen Sie sich«, versucht es Sophie auf die sanfte Tour. »Wir wissen, dass Sie schon viele Jahre als Haushaltshilfe für Hauptkommissar Thomsen tätig sind und dass Sie auch befreundet sind. Wenn Sie hier bei uns wahrheitsgemäß aussagen, heißt das nicht, dass Sie ihm schaden.«

Doch ihre Worte finden keinen Widerhall. Die Frau auf der anderen Seite des Tisches weint sich die Seele aus dem Leib und reagiert auf gar nichts.

»Ich denke, sie braucht eine Pause. Ich möchte in der Zwischenzeit mit Ihnen sprechen – unter vier Augen«, wendet sich Sophie an Nielsen.

»In Ordnung.«

Er steht auf und hält ihr die Tür auf.

Auf dem Gang kratzt sich Sophie ein wenig verlegen hinter dem Ohr. »Ich wollte Ihnen das eigentlich schon vorhin sagen, aber die plötzliche Verhaftung von Frau Kruskopp hat mich irgendwie überrollt.«

»Besser jetzt als nie«, sagt er unverhofft nett und lächelt sie an.

Ein wenig irritiert von dieser unerwarteten Freundlichkeit berichtet sie von Dr. Jensens Expertise.

»Soll das heißen, der alte Holstein hat sich selbst in höchste gesundheitliche Gefahr gebracht, indem er absichtlich seine Medikamente nicht nahm?«

»Derzeit sieht es so aus.«

»Könnten Placebos in seinen Medikamentenbehältern gewesen sein?«, hakt Nielsen nach.

»Daran habe ich auch schon gedacht, deshalb haben wir die Reste sofort von der KTU untersuchen lassen. An den Medikamenten ist nichts auffällig. Überall war

drin, was auch draufstand.«
»Bloß genommen hat er sie nicht.«
»Ja. Zu genau diesem Schluss kam Dr. Jensen. Einige der Medikamente hätten im Blut des Toten nachweisbar sein müssen.«
»Dann hat er selbst seinen Tod wissentlich nicht verhindert?« Nielsen kratzt sich nun äußerst irritiert am Hinterkopf.
»Scheint so, denn laut seinem behandelnden Arzt, dem Internisten Stinus Maissen, wusste er genauestens über seinen Zustand Bescheid. Auch Imke Holstein, die Schwiegertochter, hat das bestätigt.«
»Verstehe.« Nielsen starrt mit zusammengezogenen Brauen eine Weile durch sie hindurch. Dann gibt er sich einen Ruck.
»Nun, in diesem Fall ist der Mordvorwurf – egal gegen wen – vom Tisch.«
»Vielleicht ist die verschreckte Frau in unserem Vernehmungsraum gesprächiger, wenn Sie ihr das vermitteln?«, schlägt Sophie vor.
»Das überlasse ich Ihnen. Ich gehe mal und informiere den Kriminaldirektor.«
Sie sieht ihm hinterher, wie er festen Schrittes davon marschiert und öffnet dann die Tür zum Vernehmungszimmer.
»Frau Kruskopp, ich habe eine gute Nachricht für Sie.«

40

Angst lähmt das Gehirn. Je größer die Panik, umso stärker der Drang zu flüchten oder zu kämpfen. Wenn beides nicht geht, bleibt bloß der innere Rückzug. In ein Schneckenhaus, aus dem man nicht mehr heraus will.

Wenn das Gehirn keine Kapazitäten mehr hat, um das Denken zu ermöglichen, können auch entlastende Informationen nicht verarbeitet werden.

Sophie hat das alles nicht nur in ihrer Ausbildung gelernt, sondern auch in etlichen Fällen bereits erlebt. Deshalb wiederholt sie ihre Botschaft geduldig ein ums andere Mal.

»Frau Kruskopp, bitte entspannen Sie sich. Wir wollen bloß wissen, ob Sie den Herrn Holstein gekannt haben. Und wir fragen das nicht nur Sie, sondern auch alle anderen schwarzhaarigen Frauen, die mit Hauptkommissar Thomsen Kontakt hatten.«

Doch Gertrud Kruskopp vergräbt immer noch den Kopf zwischen ihren Armen und reagiert nicht.

* * *

»Oh Mann!« An seinem Schreibtisch sitzend, schlägt sich Jasper plötzlich mit der flachen Hand auf die Stirn. »Ich Dösbaddel hab vergessen, das Haus zu versiegeln.«
»Was, welches Haus?« Svenja, die mitten in der Abfassung eines Berichts steckt, sieht ihren Kollegen verständnislos an.
»Na, das Haus von der Kruskopp. Ich habe es weder versperrt noch mit einem Absperrband versehen. Mann Mann Mann, wenn der Nielsen das erfährt, darf ich in Zukunft bloß noch Knöllchen ausstellen.«
»Mist«, flucht nun auch Svenja. »Das fällt auf uns beide zurück. Ich hätte da auch dran denken können.«
»Ich fahr hin und bring das in Ordnung«, erklärt Jasper und schlüpft in seine Jacke.
»Aber wir haben 'ne ausdrückliche Weisung, hier im Büro zu bleiben . . .«
»Dann musst du mich eben decken. Die Vernehmung von der Kruskopp wird hoffentlich noch 'ne Weile andauern. Und falls nicht, musst du dir etwas einfallen lassen.«
»Ach und was?«
»Sag einfach, ich bin bloß schnell 'n Fischbrötchen vom Hafen holen, das mach ich ohnehin ständig.«
»Okay.« Svenja nickt. »Aber beeil dich.«

Als Jasper bei Gertrud Kruskopps Haus eintrifft, stellt er erleichtert fest, dass es sich in demselben Zustand befindet, in dem er es verlassen hat. Er sucht am Schlüsselboard im Vorraum den passenden Hausschlüssel, findet ihn tatsächlich und tritt erleichtert den Rückzug an.
Als er dabei ist, die Haustür hinter sich zuzuziehen, dringt ein Maunzen an sein Ohr. Laut und jämmerlich.

Offenbar ist hier irgendwo eine Katze. Und sie maunzt so herzzerreißend, dass er wieder umdreht. Nach und nach öffnet er eine Zimmertür nach der anderen, bis er in einem großen Schlafzimmer steht. Augenblicklich huscht eine gefleckte Katze durch seine Beine hindurch und den Gang entlang. Er will ihr hinterhereilen, als dieser Raum ihn plötzlich in seinen Bann zieht.

Er verbreitet ganz eindeutig eine spürbar erotische Stimmung. Die Wände sind mit dunkelroter Stofftapete ausgekleidet, das wuchtige, geschnitzte Holzbett verfügt über einen Baldachin. Aber was ist das? Jasper geht ein paar Schritte näher ran und betrachtet interessiert einen metallenen Käfig, der in einer Ecke steht. Er ist leer, aber groß genug, um einen Bären darin einsperren zu können.

Verdutzt nimmt er nun auch das große Holzkreuz an der Wand daneben wahr, welches über etliche Metallösen verfügt. Er inspiziert die massiven Holzblöcke genauer und stellt fest, dass man hier jemanden festschnallen könnte, der dann wie Jesus vom Balken hängt.

Langsam aber sicher dämmert ihm, was hier los ist. Er reißt den großen zweiflügeligen Wandschrank auf und findet seine Ahnung bestätigt. Neben Gerten und Peitschen aller Art liegen hier auch metallene Folterwerkzeuge aufgereiht, die er noch nie im Leben gesehen hat.

Fassungslos sinkt er aufs Bett. Dass ausgerechnet er im Allerheiligsten der Domina landen würde, hätte er nicht erwartet.

Verdammt. Nun muss er den Nielsen doch anrufen.

41

Nach dem Telefonat mit Kriminaldirektor Paulsen ist Hauptkommissar Nielsen in den Vernehmungsraum zurückgekehrt und beobachtet seitdem, wie die Kollegin Meerkatz mit einer Engelsgeduld versucht, die spindeldürre Putzhilfe seines Vorgängers zum Sprechen zu bringen. Als er registriert, dass sein Handy in der Hosentasche vibriert, zieht er sich in den hinteren Teil des Raumes zurück, um das Gespräch anzunehmen.
»Herr Hauptkommissar, hier spricht Jasper Hinrichs.«
»Das bekomme ich auf meinem Display angezeigt.«
»Ja, richtig . . .«
»Was gibt's?«
»Ähem, ich habe mich im Haus der Verdächtigen umgesehen.«
»Der Kruskopp?«
»Ja.«
»Das ist jetzt aber spannend. Wie ließ sich das mit Ihrem Innendienst vereinbaren?«
»Äh . . . gar nicht, leider . . .«, beginnt Jasper zögerlich. »Aber sie ist die Domina, die wir suchen. Es ist alles hier. Gerten, Peitschen, Fesseln und jede

Menge anderes Folterzeugs, das ich nicht kenne. In einer Ecke steht sogar ein . . .«

Nielsen schaltet das Handy ab. Er hat genug gehört. Mit ein paar wenigen schnellen Schritten ist er bei der Verdächtigen und schlägt so kräftig mit der flachen Hand auf den Tisch, dass nicht nur die Kruskopp, sondern auch seine Oberkommissarin heftig zusammenzuckt.

»Jetzt reicht's! Lady Gertrud oder Madame Kruskopp oder wie immer Sie sich nennen mögen – Sie sind aufgeflogen! Wir wissen, wie Sie Ihren Lebensunterhalt verdienen, wir haben alles gefunden! Alle Ihre Folterinstrumente! Das Spiel ist aus – Sie brauchen nicht länger das arme verschreckte Mäuschen vorzutäuschen, denn das nimmt Ihnen niemand mehr ab! Sie sagen mir jetzt sofort, was Sie mit dem Holstein am Laufen hatten, oder wir geben alles – und ich meine absolut alles – was wir in Ihrem Schlafzimmer gefunden haben, an die Presse weiter!«

Während Sophie völlig verdutzt aus der Wäsche guckt, lässt Gertrud Kruskopp ihre Maske fallen. Sie richtet sich auf und ihre dunklen, eben noch verweinten Augen werden hart.

»Als ob ich etwas dafür könnte!«, schleudert sie dem Kommissar entgegen. »Auch als Domina macht man bloß, was der Kunde sich wünscht. Der Holstein wollte von mir gezüchtigt werden, er hat schließlich dafür bezahlt!«

»Fein.« Nielsen nimmt nun am Besprechungstisch Platz und seine Stimme findet wieder in den ihm eigenen nüchtern-sachlichen Ton zurück. »Nun klären wir die Sache wie vernünftige Erwachsene. Sie arbeiten also als Reinigungskraft und als Domina?«

»Ja«, gibt sie widerwillig zu. »Eigentlich bin ich Witwe, mein Mann ist schon vor vielen Jahren verstorben.«

»Und da haben Sie sich gedacht, nachdem Sie allein sind, kaufen Sie sich ein paar Peitschen und beglücken die masochistischen Männer in der Umgebung? Oder wie fing das an?«

»So nicht. Ich wollte eigentlich einen neuen Partner finden, und hatte Hoffnungen, dass der Hans, der Bankdirektor von der Filiale hier in Husum, mein zweiter Ehemann werden würde. Aber im Laufe der Jahre, die unser Verhältnis andauerte, wurde klar, dass er seine Frau nicht verlassen würde. Natürlich wollte ich zu Beginn, dass er sich scheiden lässt, aber seine Geschenke und Zuwendungen waren eben auch nicht schlecht. Außerdem war er verrückt nach Demütigungen und Schmerzen. Als Frau, und besonders als Witwe, muss man doch schauen, wie man über die Runden kommt. Und ich hab niemals jemandem etwas zuleide getan. Ganz im Gegenteil, die haben von mir bloß bekommen, was sie wollten.«

»Die? Wer noch?«

»Nun, der Magnus eben.«

»Seit wann lief das mit dem Holstein?«

»Ungefähr vier Jahre lang – seit seine Frau ausgezogen ist.«

»Und wie fing das an? Ich meine, nach allem, was wir bis jetzt über Magnus Holstein wissen, war er sehr auf sein Image bedacht. Also wird er wohl kaum mit seinen sexuellen Vorlieben hausieren gegangen sein?«

»Nee, Sie haben recht. Der hatte panische Angst, dass jemand davon erfahren könnte. Er war mit dem Hans befreundet, und der hat ihn sozusagen an mich vermittelt.«

»Aber warum kamen Sie zu ihm ins Haus, wenn Sie doch Ihr Zuhause perfekt für diese Art von *Vergnügen* ausgerichtet hatten? Da wäre es doch naheliegender, wenn er Sie aufgesucht hätte?«, fragt Nielsen interessiert und er klingt nun fast ein wenig empathisch.

»Er wollte das so. Anfänglich kam er sehr wohl zu mir, aber dann fand er es erregender, wenn ich zu ihm in sein eigenes Schlafzimmer kam, um ihn zu bestrafen.«

»Bestrafen wofür?«

»Einfach so. Der Magnus wollte bloß seine Bestrafungsfantasien ausleben. Er sagte, er braucht das als Ausgleich für die Schmach, die seine Ex-Frau ihm zugefügt hat.«

»Nur, damit ich das jetzt richtig verstehe . . . weil seine Frau ihn verlassen hatte, wollte er, dass Sie ihm sein Geschlechtsteil abbinden und ihm seinen . . . ähem, seine Kehrseite versohlen?« Mit einem irritierten Blick mustert Nielsen seine Verdächtige, und als diese bloß zustimmend nickt, blickt er fragend zu Sophie hinüber.

Doch die zieht bloß die Augenbrauen hoch und zuckt mit den Schultern.

»Wenn einer eine devote Veranlagung hat, ist diese Art von Sex für ihn sehr befreiend. Das kommt vor bei Männern, die beruflich viel Druck haben, weil Sie ständig Entscheidungen treffen müssen. Die haben echt ein Bedürfnis, sich fallen zu lassen, sich komplett auszuliefern«, schildert Gertrud Kruskopp nun ihre persönlichen Erfahrungen. »Magnus sagte immer, dass er bei mir alles um sich herum vergessen könne, und nur noch sich selbst und seine Erregung spürt.«

»Aha.« Nielsen, dem augenscheinlich das Verständnis für diese Art von Bedürfnissen fehlt, hakt mit diesem einzigen Wörtchen das gesamte Thema ab. »Dann schildern Sie uns jetzt bitte den Abend, an dem Holstein verstarb, und insbesondere, in welcher Form Hauptkommissar Thomsen daran beteiligt war.«

»Der Hauptkommissar?« Augenblicklich steht Gertrud Kruskopp die Verblüffung ins Gesicht geschrieben. »Was hat denn der Rüde damit zu tun? Der war doch nicht dabei.«

»Nicht?« Nielsen verengt seine Augen zu Schlitzen. »Denken Sie gut nach, Sie müssen jetzt die Wahrheit sagen. War es vielleicht doch ein Spiel zu dritt?«

»Natürlich nicht. Der Rüde hat doch überhaupt keinen Sinn für solche Spielchen. Der ist bloß in diese dicke Frau verschossen, die seit ein paar Monaten bei ihm wohnt.«

»Welche dicke Frau?«

»Na diese Maike, die trägt doch ihren Schwimmreifen ständig bei sich . . .«

»Also, das wäre mir jetzt nicht aufgefallen . . .«, beginnt Nielsen mit einem Stirnrunzeln, doch Sophie unterbricht ihn, indem sie zum Kern der Befragung zurückkehrt.

»Wie wär's, wenn Sie uns einfach erzählen, wie besagter Abend verlaufen ist, an dem der Herr Holstein zu Tode kam?«

Gertrud Kruskopp verzieht das Gesicht.

»Sie müssen mir glauben, ich habe mir nichts zuschulden kommen lassen, ich habe alles so gemacht wie die vorigen Male auch. Ich kannte seine Vorlieben ja schon, also band ich ihm seinen *Sie-wissen-schon* ab, ließ ihn knien und bestrafte ihn. Da war alles noch wie immer. Er stöhnte, dass er ein böser Junge wäre und keine Gnade verdient hätte. Doch von einem Moment auf den anderen griff er sich an die Brust und sein Stöhnen veränderte sich. In eine Art Keuchen. Und plötzlich hatte er Panik.«

»Und dann?«, hakt Sophie nach.

»Dann fiel er um. Wie ein Stück Holz. Und dann war es auch schon vorbei mit ihm. Ich konnte an seinen Augen sehen, dass er tot war. Das war der totale Alptraum. Da hab ich so eine Angst bekommen, dass ich mir meinen Mantel übergezogen hab und weggelaufen bin. Aber kaum war ich draußen, ist mir eingefallen, dass ich mein ganzes Spielzeug liegen gelassen hatte, und dass die Polizei deswegen wohl Ermittlungen anstellen würde – auch, weil Magnus nackt war und die Striemen unübersehbar waren. Also drehte ich wieder um und lief zurück. Ich legte ihm die Kleidung an, packte meine Sachen und verschwand. Dabei muss mir wohl ein Haar vom Kopf gefallen sein.«

»Oder vom Mantel«, ergänzt Sophie, »auf dem haben wir nämlich einige gefunden.«

»Soweit so gut«, resümiert Nielsen zufrieden, »das ergibt nun alles ein rundes Bild – bloß eine Sache wäre da noch: Was haben Sie mit dem Fuchs gemacht?«

»Mit welchem Fuchs?« Gertrud Kruskopp sieht ihn nun entgeistert an.

»Nicht nur Ihre und Thomsens Haare wurden auf Holsteins Leiche gefunden, sondern auch die eines Fuchses«.

Sie schüttelt ratlos den Kopf. »Also mit Tieren mach ich nichts, ehrlich. Ich mag Tiere, das müssen Sie mir glauben. Ich hab selbst 'ne Katze...«

Sophie kommt plötzlich ein Gedanke. Eine Art Eingebung, die alles erklären würde.

»Frau Kruskopp, kann es sein, dass Ihr Mantel in Wahrheit kein Nerz, sondern ein Fuchs ist?«

Der Blick, den sie sich mit dieser Frage einhandelt, könnte empörter nicht sein.

»Was soll denn das nun? Mein Alfred hat mir diesen Mantel zum zehnten Hochzeitstag geschenkt, und er sagte, es wäre ein Nerz.«

»Alles klar. Ich denke, von diesem Mantel sollten wir ebenfalls eine Probe nehmen«, sagt Sophie in Nielsens Richtung und gibt ihm mit einem Blick zu verstehen, dass das Thema Fuchs möglicherweise soeben eine ganz einfache Erklärung gefunden hat.

»Auf jeden Fall. Ich werde das sofort veranlassen.« Er steht auf und wendet sich zur Tür.

»Und vergessen Sie das Telefonat nicht«, ruft Sophie ihm hinterher.

»Welches Telefonat?«

»Das, mit dem Sie Hauptkommissar Thomsen die gute Nachricht überbringen.«

Nachdem Nielsen den Vernehmungsraum verlassen hat, wendet sich Gertrud Kruskopp an Sophie.

»Was geschieht nun mit mir? Kann ich wieder gehen? Ich habe doch nichts falsch gemacht!«

»Ein wenig komplizierter ist es schon. Ich kann Sie beruhigen – Sie werden nicht wegen Mordes angeklagt. Wir werden Sie also nicht festnehmen. Allerdings hätten Sie Erste Hilfe leisten müssen. Das haben Sie nicht gemacht. Sie haben weder selbst Wiederbelebungsversuche unternommen noch die Rettung gerufen. Es wird also ein Verfahren wegen unterlassener Hilfeleistung auf Sie zukommen.«

»Aber er war doch so schnell tot, da hätte der Notarzt auch nichts mehr machen können.«

»Das mag stimmen, und das können Sie in Ihrem Strafverfahren auch einwenden, letztlich wird dann das Gericht darüber entscheiden«, erklärt Sophie. »Wir bringen nun die Vernehmung hier zu Ende und dann können Sie nach Hause gehen.«

42

Als Sophie an Thomsens Haustür klopft, um ihn persönlich zu beglückwünschen, dass die Krise nun ausgestanden ist, öffnet ihr Jasper mit einem verlegenen Lächeln.

»Das hätte ich mir denken können«, schimpft Sophie mit einem Augenzwinkern und knufft ihn im Vorbeigehen.

Im Wohnzimmer ist ihr Chef gerade dabei, eine Flasche Champagner zu köpfen, während Maike mit ihrem strahlendsten Lächeln köstliche Häppchen serviert. Unter den Feiernden sind auch Ralf Theissen und Svenja, die auf der Couch neben ihm sitzt und ihn mit geröteten Wangen anhimmelt.

»Sophie!« Maike stellt ihr Tablett ab und fällt ihr um den Hals. Sie drückt sie mit einer Intensität, dass ihr für einen Moment die Luft wegbleibt.

»Dass du mein Handy aus der Schusslinie gebracht hast, vergess ich dir nie! Kommt, wir stoßen alle auf Sophie an!«

Maike drückt ihr noch einen Schmatz links und rechts auf die Wange und schenkt ihr anschließend ein Glas Champagner ein.

»Und auf Jasper«, ergänzt Sophie, »der heute ein untrügliches kriminalistisches Gespür bewiesen hat.«

»Er lebe hoch«, kichert Svenja und beobachtet amüsiert, wie sich ihr Kollege wie ein Gockel im Lob räkelt. Doch plötzlich schießt ihm das Blut in die Wangen und er senkt verlegen seinen Blick.

»Leute, ganz so war es nicht, eigentlich habe ich bloß vergessen . . . .«

»Hmm«, räuspert sich Svenja und legt ihm ihre Hand über den Mund. »Mein bescheidener Kollege möchte sagen, dass er vergessen hat, zu erwähnen, dass ich ihm den Rücken freigehalten habe, als ihn dieser Geistesblitz getroffen hat. Schließlich hatte uns der Nielsen zum Innendienst verdonnert. Das ist allerdings kein Grund, dein Licht unter den Scheffel zu stellen.«

Mit einem spitzbübischen Lächeln zwinkert sie ihm zu und hebt ihr Glas. »Auf Jasper!«

»Auf Jasper«, stimmen die andern mit ein, während der neuerlich Hochgelobte mit feuerrotem Kopf daneben sitzt.

Rüdiger Thomsen ergreift nun auch das Wort. »Auch ich möchte mich bedanken. Bei dir, Meerkatz, für die Wahrung unserer Intimsphäre, und bei Ihnen, Dr. Theissen, dafür, dass Sie den Schnösel aus Flensburg bei der Staatsanwaltschaft so richtig auflaufen ließen.«

»Ja, das war großartig.« Maike verpasst auch Ralf Theissen ein Küsschen auf die Wange. »Wenn mir in den letzten Tagen etwas klar geworden ist, dann, dass man im Leben ohne einen guten Anwalt aufgeschmissen ist. Das gilt sogar für Hauptkommissare mit unzähligen untadeligen Dienstjahren!«

»Tja, ohne untadelige Putzfee ist das eben nichts

wert«, kichert Svenja und steckt ihre Freundin an.

»Haha, genau«, lacht Maike. »Mir war die Gertrud ja schon immer ein Dorn im Auge, aber dass sie eine Domina ist, hätte ich nicht gedacht.«

»Und dass sie die Haare der Leute, bei denen sie putzt, im Intimbereich von Personen verstreut, die sie sexuell betreut, hätte sich keiner von uns gedacht«, ergänzt Sophie amüsiert.

»Da hast du recht, Meerkatz, und das ist wirklich erschreckend. Ich werde bei zukünftigen Fällen – wenn es um forensische Beweise geht – mit Sicherheit eine Runde mehr nachdenken«, gibt Thomsen zu.

»Wie meinst du das?«, will Jasper wissen.

»Ganz einfach, wenn es umgekehrt gewesen wäre, wenn der Nielsen unter Verdacht geraten wäre, und ich wegen ihm in Flensburg hätte ermitteln müssen, wäre ich ihm vermutlich auch sehr unangenehm zugestiegen.«

»Hmm«, macht Jasper und sieht seinen Chef nachdenklich an.

»Eines steht jedenfalls fest«, posaunt Maike nun heraus. »Ich werde in Zukunft dieses Haus selbst putzen.«

»Ja«, willigt Thomsen ein. »Die Gertrud hat uns wirklich in Schwierigkeiten gebracht.«

»Nur gut, dass ich dich durch meine Anwesenheit vor dem Schlimmsten bewahren konnte.« Sie kichert ausgelassen.

»Das wäre?«

Als Antwort zeigt sie ihm auf dem Handy ein Foto von Holsteins malträtiertem Hinterteil, das es auf verschlungenen Pfaden in ihre WhatsApp-Korrespondenz geschafft hat.

»So würdest du jetzt aussehen, wenn du auf ihre Avancen eingestiegen wärest.«
Thomsen lacht schallend. »Was für ein Glück, dass ich auf üppige weibliche Rundungen stehe.«
Er umarmt seine Verlobte und drückt sie leidenschaftlich. Jeder kann sehen, wie sie unter dieser Liebesbezeugung dahinschmilzt.
Plötzlich fasst sie sich ein Herz.
»Aber eines ist mir immer noch nicht klar – vielleicht bin ich auch bloß zu dämlich, um es zu kapieren – wie passt jetzt der Fuchs in diese Geschichte?«

43

Rechtsanwalt Ralf Theissen parkt seinen schwarzen Porsche Cayenne hinter Sophies knallgelbem Pick-up. Er nimmt den vorbereiteten Korb vom Beifahrersitz und schließt zu ihr auf, als sie bereits ihre Haustür öffnet.

Der Korb ist so groß, dass Sophie ihn nicht ignorieren kann.

»Was hast du mitgebracht?«

»Ein Vögelchen hat mir gezwitschert, dass du verrückt nach Schaumbädern bist.« Er zwinkert ihr zu. »Und nachdem ich erst morgen früh wieder nach Hamburg zurückmuss . . .« Er lässt den Satz bewusst in der Luft hängen und grinst über das ganze Gesicht.

Sophie, die den Inhalt des Korbs inspiziert und dutzende traumhafte Badeessenzen entdeckt, erwidert sein Grinsen.

»Man gönnt sich ja sonst nichts. Bloß eine Katze, ein Schaumbad und hin und wieder einen Mann.«

Wie aufs Stichwort saust Otello heran und schmiegt sich an ihre Beine.

»Ich nehme an, in dieser Reihenfolge.« Ralf lacht und nimmt den Kater hoch.

»Exakt in dieser Reihenfolge. Denn wenn der kleine Racker hier sein Futter nicht kriegt, wird's schwierig mit der romantischen Stimmung.«

»Oh, Frau Oberkommissarin wünscht also eine romantische Stimmung?«

»Sind auch Kerzen in deinem Korb?«

»Selbstverständlich.« Ralf nickt wie ein braver Einser-Schüler.

»Dann hast du alles, was du brauchst. Du weißt, wo das Bad ist.« Sophie küsst ihn. »Prosecco habe ich eingekühlt, den bringe ich mit, sobald diese kleine Bestie hier zufriedengestellt ist.«

Sie nimmt Otello aus Ralfs Armen und knuddelt ihn.

* * *

»Kann es sein, dass du ein wenig übertrieben hast?«, fragt Sophie, als sie das Badezimmer betritt und bemerkt, dass Ralf trotz seiner beachtlichen Größe kaum aus dem Schaum herausragt.

»Mag sein«, gibt er zu. »Aber die riechen alle so toll, da ist es mir schwergefallen, mich zu beherrschen . . .«

»Ja.« Sophie grinst und steigt zu ihm in die Wanne. »Das war immer schon dein Problem.«

Er lacht. »Nur gut, dass es bei dir in guten Händen ist.«

»Oh ja, Probleme lieben mich. Sie kommen alle zu mir.« Sie streckt ihm ihre Zehen entgegen. »Bist du

nicht einer dieser weltbesten Fußmasseure?«
»Der Allerbeste.«
Als Ralf mit sicherem Griff einen ihrer Füße umfasst, schließt sie genüsslich die Augen. Mit einem wohligen Stöhnen lehnt sich zurück und lässt die entspannt-erotische Atmosphäre auf sich wirken.

* * *

»Weißt du, dass du die erste Frau bist, bei der es mich nicht stört, wenn uns eine Katze zusieht?«, sagt Ralf zwei Stunden später, als sie erschöpft, aber zufrieden wie zwei Halbtote im Bett herumliegen.
»Was ist das?«, ätzt Sophie. »Ein Kompliment?«
»Ja. Irgendwie schon. Ich hatte mal 'ne Freundin mit 'nem Golden Retriever. Da konnte ich nur, wenn sie ihn aussperrte.«
Sophie lacht. »Das ist jetzt aus der Kategorie *Was man schon immer über einen Mann wissen wollte, aber nie zu fragen gewagt hatte.*«
»Hey«, beschwert er sich mit gespielt beleidigtem Blick. »Heißt das, du bist an meinem Vorleben nicht interessiert?«
»Tja. Dafür liebe ich deine schnelle Auffassungsgabe umso mehr«, schmunzelt sie.
Ralf stützt sich mit seinen kräftigen Oberarmen über ihr auf. »Du hast echt ein Talent, substanzielle Kränkungen als Schmeicheleien zu verkaufen. Das kann ich unmöglich durchgehen lassen. Zur Strafe

werde ich dir heute keine Krabben bestellen.«

»Aber ich liebe Krabben nach dem Sex«, mault Sophie sofort, »vor allem die vom *Küstenkutter* mit der göttlichen Remoulade.«

»Nee nee.« Ralf bringt sein Gesicht ganz nah an ihres, bis er mit seiner Nasenspitze ihre berührt. »Keine Chance. Außer natürlich, du bereust deine frechen Worte und bist bereit, Buße zu tun . . .«

»Jaaaaaa«, gurrt Sophie. »Ich verspreche hoch und heilig, ich werde mich bessern.« Sie streicht mit ihren Fingern zärtlich über seine kräftig modellierte Muskeln und spürt, wie der Funken der Erregung von Neuem auf sie überspringt.

Als es eine Stunde später an der Tür läutet, erhebt sich Ralf freudig.

»Mann, bin ich froh, dass du zur Einsicht gekommen bist, denn mittlerweile hab ich Kohldampf für zehn.«

Doch der große Schwarzhaarige mit dem dunklen Teint, der vor der Haustür steht, hält bloß einen Blumenstrauß und eine Flasche Sekt in seinen Händen.

»Wo sind die Krabben?«

»Welche Krabben?«

»Wir hatten Krabben bestellt, nicht dieses Grünzeugs.«

Sophie taucht nun hinter Ralf auf. Im Morgenmantel. Vor Schreck bleibt ihr die Luft weg.

»Evando! Was machst du denn hier?«

»Ich wollte mich entschuldigen.«

»Du wolltest dich entschuldigen?«, wiederholt sie völlig geplättet.

»Ja.«

»Weil du . . .«

»Weil ich dachte«, unterbricht Evando, »du wärst eine von jenen oberflächlichen Frauen, die jeden nehmen, bloß um nicht allein sein zu müssen.«

»Äh . . .«

»Ja genau. Ich hab mich schon wieder geirrt.« Er deutet eine Verbeugung an. »Mein Fehler. Entschuldige die Störung. Einen schönen Abend noch.«

Der Rest ist Schweigen

William Shakespeare

Samstag

44

Kommissar Jasper Hinrichs hat bereits alle eingegangenen Berichte sortiert und ausgewertet, als Sophie das Großraumbüro betritt.

»Moin Jasper.«

»Moin Sophie. Soeben sind die letzten Ergebnisse der KTU die Haare betreffend eingelangt. Der Nerz ist tatsächlich ein Fuchs.«

»Männer«, knurrt Sophie. »Verarschen uns, wo sie nur können.«

»Was hat dich denn gestochen?«, fragt Jasper überrascht.

»Ist es nicht so? Der Kruskopp hat seiner Frau einen Fuchs für einen Nerz verkauft. Das ist doch symptomatisch. Statt offener, ehrlicher Ansage bloß idiotisches Kommunikationsverhalten – wenn überhaupt. Und mieses Timing sowieso!«

»Reden wir noch von dem Fall?« Svenja kommt mit zwei dampfenden Tassen Kaffee aus der Personalküche, reicht Sophie eine davon und mustert sie aufmerksam. »Du siehst aus, als ob du die ganze Nacht durchgeflennt hättest. Hat der Theissen sich danebenbenommen?«

»Nee. Der war hinreißend – bloß . . . Evando ist aufgetaucht . . . mit Blumen.«

»Und das ist nicht gut?«

»Nicht, wenn ihm Ralf halb nackt die Tür öffnet . . . das Thema Evando ist nun endgültig abgeschlossen.« Sie angelt ein Taschentuch aus ihrer Handtasche und schnäuzt sich ausgiebig.

Svenja legt ihr den Arm um die Schultern.

»Sag das nicht. Man weiß doch nie, wie es kommt, das Leben hört nie auf, uns zu überraschen.«

Sophie schneidet eine Grimasse. »Da ist was Wahres dran. Allerdings finde ich, es wäre mal an der Zeit für ein paar positive Überraschungen. Wo ist eigentlich der Rüde?«

»Noch nicht hier.« Svenja lässt sich, so wie früher, mit einer Pobacke auf Jaspers Schreibtisch nieder und nippt an ihrem Kaffee.

»Und der Nielsen?«

»Nicht mehr.«

»Das nennen die Fallübergabe?« Sophie schüttelt den Kopf.

Jasper streicht sich über sein lichtes Hinterhaupt. »Du hast recht. Sie sollten eigentlich beide hier sein.«

Wie aufs Stichwort schwingt die Glastür auf, doch es ist Dienststellenleiter Petersen, der hereinkommt. Er hält eine dünne Akte in Händen.

»Moin Kollegen, ist der Rüde in seinem Büro?«

»Noch nicht«, erwidert Sophie. »Sollen wir ihm etwas ausrichten?«

»Ja. Nein. Kann er nachlesen, steht alles da drin. Wenn Sie ihm einfach die Mappe auf den Tisch legen würden?«

»Selbstverständlich.«

Kaum hat Sophie die Mappe an sich genommen, beeilt sich Petersen wieder zur Tür hinaus.

»Wo ist denn Hauptkommissar Nielsen?«, ruft sie ihm hinterher.

Der Dienststellenleiter stoppt wie ertappt und dreht sich langsam zu ihr um. Es wirkt ein wenig widerwillig. »Ach so, ja. Der ist bereits gestern Abend nach Flensburg zurückgefahren. Bestand ja kein Grund mehr für seine Anwesenheit hier, nicht wahr? Der Mann hat schließlich auch Familie.«

Sophie schüttelt missbilligend den Kopf, als sie sich wieder zu ihren Kollegen umdreht.

»Besonders erwachsen kommt mir das alles nicht vor.«

»Ist doch egal, Hauptsache der Fall ist gelöst und unser Team ist wieder das alte«, freut sich Svenja.

Sophie will gerade etwas darauf erwidern, als ihr auffällt, dass Jasper wie gebannt auf seinen Bildschirm starrt. Seine Wangen erblühen in einem kräftigen Rot, wie immer, wenn ihm etwas peinlich ist.

Möglichst unauffällig schleicht sie sich in einem großen Bogen hinter ihn, um ihm über die Schulter zu blicken!

»Oh mein Gott«, entfährt es ihr, als sie die Liste von Kurznachrichten auf seinem Monitor erblickt. Bereits die erste ist mehr als nur pikant. »Sind das Thomsens private SMS?«

Jasper zuckt ertappt zusammen.

»Äh, hmm, scheint so, die E-Mail der Telefongesellschaft ist gerade gekommen.«

»Und du liest sie? Das ist nicht dein Ernst, oder?«, schimpft nun auch Svenja. »Wie kannst du nur?«

»Äh, ich weiß auch nicht. Ich wollte das gar nicht,

aber wo die Mail nun mal da war, hab ich sie einfach aufgemacht...«

»Lösch sie sofort.« Svenja wirft ihm einen bitterbösen Blick zu.

»Klar«, mault er kleinlaut. »Das wollte ich sowieso gerade tun.«

Das Telefon auf seinem Schreibtisch beginnt zu läuten und erlöst ihn aus der Verlegenheit. Nach dem Blick auf die Nummernanzeige greift er peinlich berührt zum Hörer.

»Moin Chef! Ja... ja, wir sind alle da. Echt? Aha. Okay, ja, ich gebe es weiter. Tschüss Chef.«

Sophie und Svenja starren ihn gespannt an.

»Das war der Rüde«, erklärt Jasper mit hochrotem Kopf und seine Kolleginnen verdrehen die Augen bis zur Decke. »Ach so, ja, also er hat sich für heute freigenommen, und wir sollen das auch tun, wenn wir wollen.«

»So kann ein perfekter Tag beginnen«, jubelt Svenja. Auch Jaspers Augen beginnen nun zu leuchten.

»Billi hat heute ebenfalls dienstfrei, sie hat vor, ihre Schwester zu besuchen, die letzten Monat ein Baby bekommen hat, und sie war enttäuscht, dass ich nicht mitkommen konnte. Aber nun klappt es doch!«

»Du und Billi, ihr geht gemeinsam Baby-Gucken? Jetzt schon?« Svenja blickt ihren Kollegen argwöhnisch an.

»Wie jetzt schon? Die Kleine ist immerhin schon vier Wochen alt...«

»So war das nicht gemeint. Nun, ich hoffe, du weißt, was du tust.« Sie wendet sich von ihm ab und Sophie zu. »Und wir beide? Punsch am Hafen?«

Sophie nickt. »Das ist eine wunderbare Idee.«

45

Nach dem ersten Pott Punsch am Hafenimbiss wird Sophie von ihrer miesen Stimmung wieder eingeholt. Außerdem ist da noch etwas anderes. Ständig tauchen Gedanken auf, die sie nicht einordnen kann. Ihr Bauchgefühl sagt ihr, dass sie etwas ausblendet, was sie eigentlich sehen müsste, weil sie die Konsequenzen scheut. Deshalb lehnt sie den Vorschlag ihrer Kollegin, einen zweiten Punsch zu trinken, ab und verabschiedet sich unter dem Vorwand, endlich lang Aufgeschobenes erledigen zu können.

In Wirklichkeit verspürt sie einen unbändigen Drang, in ihrem Kopf Ordnung zu schaffen. Völlig in ihren Gedanken verfangen, spaziert sie trotz der Kälte bis zum Deich, wo der kräftige, eisige Wind sie zum Umdrehen zwingt. Langsam, aber sicher wird ihr bewusst, dass sie zu einer Entscheidung kommen muss, wenn sie nicht erfrieren will.

Ein wenig unterkühlt winkt sie schließlich ein Taxi heran, von dem sie sich zum anderen Ende der Stadt fahren lässt.

Der Wohnblock, an dem sie aussteigt, wirkt trist und

die Gegensprechanlage an der Eingangstür scheint kaputt zu sein.

Sophie ergreift die Gelegenheit, ins Haus zu schlüpfen, als eine Familie mit drei Kindern herauskommt. Die Lampen im Gang sind kaputt, weshalb sie die Leuchtfunktion ihres Handys aktiviert, um die richtige Türnummer zu finden.

Die Wohnungstür, vor der sie schließlich stehen bleibt, ist mit Graffiti besprüht und aus der Wand daneben ragt ein abgebrochenes Rohr.

Sophie klopft so lange, bis ein junger Mann mit dunklen Augenhöhlen und schmutzigem Haar öffnet. Er starrt sie bloß ausdruckslos an.

»Sind Sie Bente Krisch?«

Der Mann verzieht das Gesicht zu einer Fratze.

»Kann schon sein, dass ich das mal war – in einem anderen Leben.«

***

Oberarzt Dr. Kristen vom Krankenhaus Sankt Clemens erklärt ihr in seinem großzügig angelegten und edel möblierten Eckbüro, wie sogenannte Medikamentenstudien mit Herzkreislaufpatienten ablaufen.

»Wir verwenden lediglich solche Präparate, die bereits die erste Testphase hinter sich haben und in dieser erfolgversprechende Ergebnisse lieferten. Wir arbeiten diesbezüglich mit mehreren Pharmaunternehmen zusammen und weisen unsere Patienten und Patientinnen ausdrücklich darauf hin, dass die Teilnahme an einer Studie bei uns freiwillig ist. Aber gerade im Herzkreislaufbereich profitiert die Medikamentengruppe so sehr, dass mir die Placebogruppe immer leid tut.«

»Ich dachte, bei Doppelblindstudien dürfen Sie selbst nicht wissen, welche Patienten die echten Medikamente und welche die Placebos bekommen?«, erwidert Sophie, die bei den Erklärungen des Oberarztes genau aufgepasst hat.

»Das ist richtig. Und daran halten wir uns auch strikt. Aber bei meiner Erfahrung merke ich es daran, wie es den Patienten und Patientinnen geht.«

»Verstehe.« Sie kann ein kleines Lächeln nicht unterdrücken. Ganz offensichtlich ist Dr. Kristen nicht nur ein engagierter Arzt, sondern auch ein begeisterter Befürworter des Genderns.

Dann wird sie wieder nachdenklich. Sie rollt die kleinen weißen Pillen auf dem runden Besprechungstisch, an dem sie für diese Unterhaltung Platz genommen haben, hin und her. »Sie haben recht, die kann man nicht unterscheiden.«

»Natürlich nicht. Das ist schließlich der Sinn der Sache.«

Sophie unterdrückt einen Seufzer. »Wenn Sie nun bitte Imke Holstein hereinholen würden.«

Das ängstliche Flackern in Imkes Augen ist nicht zu übersehen, als sie erkennt, wer die Frau ist, die an Dr. Kristens Besprechungstisch sitzt und sie mit ernstem Blick mustert.

»Was wollen Sie denn hier?«

Sichtlich verunsichert bleibt sie mit verschränkten Armen stehen.

»Moin Frau Holstein, bitte nehmen Sie Platz.« Sophie macht eine einladende Geste. Während die junge Frau der Aufforderung widerwillig nachkommt, rollt Sophie eine Pille nach der anderen auf der Tischoberfläche entlang.

»Wir beide wissen, warum ich hier bin.«

Imke presst ihre Lippen aufeinander.

»Ich habe mit Bente Krisch gesprochen«, erläutert Sophie und setzt ihr Spiel mit den Pillen fort. »Sie haben Max mit der Hochzeit nicht bloß einen Gefallen getan, wie Klaas Holstein sagte, Sie haben ihn geliebt. Auf eine uneigennützige, selbstlose Art. Dennoch war er derjenige, der Ihnen alles bedeutet hat.«

Imkes Augen füllen sich mit Tränen.

»Sein Tod war das Schlimmste, das Ihnen jemals passiert ist, nicht wahr?« Wieder rollt Sophie eine Pille quer über den Tisch.

Und die nächste.

Und noch eine.

»Hören Sie auf! Hören Sie verdammt noch mal auf!« Imke schlägt mit der flachen Hand auf den Tisch, sodass die Pillen nur so davonspringen. »Sie haben ja keine Ahnung, wie sehr er gelitten hat. Und wie sinnlos sein Tod war. Und wie sehr Bente immer noch leidet. Magnus Holstein war ein Monster, das seine gesamte Familie zerstört hat.«

»Es war ein Leichtes für Sie, seine Tabletten gegen Placebos auszutauschen, nicht wahr? Und nach seinem Tod wieder die echten Medikamente in die Behältnisse zurückzufüllen – es war einfach und es schien Ihnen gerechtfertigt, nicht wahr?«

»Sollte ich denn gar nichts tun? Sollte ich bloß zusehen, wie er sein selbstgefälliges Leben genießt, nachdem er meines zerstört hat? Und nicht nur meines, auch Bentes und das von Max sowieso. Haben Sie mit Berit gesprochen? Auch sie wird sich nie wieder erholen. Welche Mutter kann das verkraften, wenn sich der eigene Sohn vor einen Zug wirft?«

»Das mag alles stimmen«, sagt Sophie sanft. »Es rechtfertigt jedoch nicht Ihr Handeln. Es ist Mord, wenn Sie jemandem lebenswichtige Medikamente vorenthalten und darauf warten, dass er stirbt.«

Die junge Frau bricht nun in Tränen aus. »Aber es weiß doch keiner. Sie müssen es doch auch niemandem sagen. Magnus Holstein war der Teufel, sein Tod macht doch erst alles wieder gut.«

Sophie legt ihr sanft die Hand auf den Arm.

»Der Tod Ihres Schwiegervaters macht gar nichts wieder gut. Ich habe seine Ex-Frau gesehen, und auch Bente. Und jetzt Sie. Nichts ist besser geworden durch seinen Tod.«

»Bitte lassen Sie mich gehen. Ich bin doch für niemanden eine Gefahr«, fleht Imke und die Tränen kullern nur so über ihre Wangen.

»Das kann ich nicht.« Sophie schüttelt bedauernd den Kopf.

Von einem Moment auf den anderen springt die junge Krankenschwester auf und stürmt zu Tür. Doch als sie diese aufreißt, stehen dort zwei uniformierte Beamte, die sie aufhalten. Aus ihrer Brust bricht nun ein Schrei, der Sophie bis in die Knochen fährt.

Sie nimmt eine Visitenkarte aus ihrer Handtasche und reicht sie der Verzweifelten.

»Das ist der beste Anwalt, den ich kenne. Mehr kann

ich leider nicht für Sie tun.«

»Ich kann mir doch überhaupt keinen Anwalt leisten!«, schreit Imke so verzweifelt, dass ihre Stimme bricht.

»Doch, ich denke schon. Ich kann mir gut vorstellen, dass Klaas Holstein Sie unterstützen wird. Da bin ich mir sogar ziemlich sicher.«

Nachdem die Kollegen mit der jungen Frau, deren Zukunft wohl auf lange Sicht zerstört ist, losgefahren sind, schlendert Sophie nachdenklich zu ihrem Pick-up zurück. Beziehungen sind so kompliziert, und Gefühle erst recht. An einem Tag ist die Welt noch in Ordnung, und am nächsten ein einziger Scherbenhaufen.

Es hat wieder angefangen zu schneien.

Sie wickelt den Schal einmal mehr um den Hals und schließt ihre Jacke. Der Winter wird wohl noch eine Weile dauern.

Nachwort der Autorin

Liebe Leserinnen und Leser,

an dieser Stelle möchte ich mich sehr herzlich für die Unterstützung bei meinen Freunden, Testlesern und Lektoren sowie den Experten der Kriminalistik und der Medizin bedanken – und natürlich bei Ihnen, liebe Leserinnen und Leser!

Als Autorin freue ich mich, wenn ich Ihnen ein paar spannende und unterhaltsame Stunden bescheren konnte.

Wenn es Ihnen gefallen hat, würde ich mich über eine Rezension bei Amazon sehr freuen. Ein großes **DANKE** all jenen, die sich kurz Zeit nehmen und ein paar Worte schreiben!

Für jene, die wissen wollen, wie es mit **Rüde & Meerkatz** weitergeht und auch über alle anderen Neuerscheinungen informiert werden wollen: Besuchen Sie meine Website und tragen Sie sich für den Newsletter ein.

www.anneamrum.de

Einmal im Monat erhalten Sie dann spannungsgeladene Post!

Anne Amrum, Jänner 2022

www.anneamrum.de
E-Mail: moin@anneamrum.de

Es geht spannend weiter...

Der sechste Fall der Küsten-Kommissare

NORDSEE FEUER von Anne Amrum

TATORT NORDSEE

Mit einem lauten Knall fliegt die kleine Tankstelle am Ortsrand von Husum in die Luft. In den Flammen, die sich auch in dem angeschlossenen Mini-Shop ausbreiten, kommt die Frau des Tankstellenbetreibers ums Leben. Die Schuldigen sind schnell ermittelt.

Zwei Jugendliche, die bereits seit Monaten die kleinen Läden der Gegend mit Überfällen terrorisieren. Ein Pärchen wie Bonnie und Clyde – bloß auf Motorrädern – das innerhalb kürzester Zeit von den Medien vorverurteilt wird. Doch plötzlich kommen Beweise ans Licht, die bei den Ermittlern Zweifel schüren. Ist hier wirklich ein Raub aus dem Ruder gelaufen, oder sind die vermeintlichen Mörder bloß Marionetten in einem Spiel, dessen Strippen ein völlig anderer zieht?

In Nordsee Feuer, dem sechsten Küstenkrimi der Bestseller-Autorin Anne Amrum, ermitteln die Nordsee Kommissare in ihrem bislang explosivsten Fall.

Erhältlich auf AMAZON!

Wie alles begann . . .

Der erste Fall der Küsten-Kommissare

NORDSEE Mord von
Anne Amrum

TATORT NORDSEE

Die sechzehnjährige Inga wird tot im Husumer Watt aufgefunden. Die jugendliche Tote ist ein beliebtes Mädchen aus dem Ort. Ein tragischer Selbstmord, davon ist Hauptkommissar Rüdiger Thomsen überzeugt.

Doch seine neue Kollegin Sophie Meerkatz wittert ein Verbrechen und beginnt unangenehme Fragen zu stellen. Als kurz darauf die beste Freundin der Toten vermisst wird, gerät auch Thomsens Überzeugung ins Wanken. Denn die Mutter der Vermissten ist eine alte Vertraute . . .

Die Situation spitzt sich zu, als es in der Bevölkerung zu brodeln beginnt. Ein Sündenbock ist schnell gefunden. Doch liegt überhaupt ein Verbrechen vor und ist der Verdächtige auch tatsächlich der Schuldige? Und wo steckt das vermisste Mädchen?

Im ersten Teil der spannenden Nordsee-Reihe prallen Welten aufeinander:

Emanzipierte Emsigkeit aus der Hauptstadt trifft auf die Gelassenheit des Nordens. Mit Engagement und Leidenschaft für ihren Job tritt Kommissarin Sophie Meerkatz gegen die Vorbehalte ihres neuen Chefs an und scheut auch nicht davor zurück, zu drastischen Maßnahmen zu greifen.

Erhältlich auf AMAZON!

Printed in Dunstable, United Kingdom